域外故事会 第二辑

THE HIGHLIGHTS OF FOREIGN POPULAR FICTION

帕丁顿谜案

The Paddington Mystery

［英］约翰·罗德——著

李晓琳——译

上海文艺出版社

上海故事会文化传媒有限公司

名家导读

/ 肖惠荣

肖惠荣，女，江西樟树人，文学博士，2008 年毕业于北京师范大学比较文学与世界文学专业，现为江西师范大学文学院教师，兼任江西师范大学叙事学研究中心副主任、江西省外国文学学会副秘书长，主要从事外国文学及叙事学的教学与研究工作。已在《外国文学研究》《甘肃社会科学》《江西师范大学学报》（哲社版）等核心刊物发表相关学术论文数篇，其中《叙事的无所不在与叙事学的与时俱进》（第一作者）被人大复印资料《文艺理论》转载。译著有《香烟、高跟鞋及其他有趣的东西：符号学导论》（第一译者），主持江西省社科规划课题、江西省高校人文社科课题、江西省哲学社会科学重点研究基地重点课题各一项。

约翰·罗德（John Rhode, 1884—1964）是英国侦探小说家约翰·斯特里斯（John Street）多个笔名之一，斯特里斯一生经历了两次世界大战。一战中参过军，但他在战争中给人留下最深刻的印象并非是战场上的英勇，而是出色的文字宣传能力。一战结束后，他把自己大部分时间都花在了打字机上，致力于描绘英格兰的政治及历史。但在当时的英国，随着福尔摩斯系列的流行，侦探小说引发了广泛的社会关注，阅读侦探故事已不仅是有闲阶层的普遍选择，普通百姓也对它爱不释手，读者数量屡破新高。商业化尤其是侦探故事类征文比赛的盛行也激发了社会民众的创作欲望，越来越多的英国人拿起自己手中的笔，加入侦探小说的创作行列。据统计，1926年英国侦探小说的出版量相当于1914年的5倍，1939年直接飙升到10倍。侦探小说蔚然成风，一时风光无限。正所谓"名探满街走，名作天天有"。

斯特里斯学生阶段便对科学推理有着浓厚的兴趣，在时代氛围的感召之下，他决定向自己的前辈柯南·道尔致敬，做一些新的尝试，他要创造出一个伟大的侦探，一个福尔摩斯式的侦探，一个可以与罗杰·谢林厄姆（Roger Sheringham）和赫尔克里·波洛（Hercule Poirot）媲美的侦探，这个侦探就是普里斯特利教授，这个人物性格并不讨喜，用霍华德·海克拉夫特（Howard Haycraft）的话来说："没有幽默感，甚至有些干巴巴。"他通常不亲自参与到案件的调查中，却能和前辈福尔摩斯一样，依靠冷静的推理复原整个作案过程，用超高的智商俘获读者的心。斯特里斯以约翰·罗德为笔名共发表70余部小说，除极少数之外，都是以普里斯特利教授作为主角，教授的第一次亮相是在1925年出版的侦探推理小说《帕丁顿谜案》中。

这部小说是从住在帕丁顿的犯罪嫌疑人哈罗德开始写起的，实际上，用犯罪嫌疑人来称呼他是不合理的。因为从故事的一开始，警察就已经认定他与凶案并无多大关系。即便如此，这场凶案还是打破了他惯有的生活节奏和生活方式，让他陷入了一种"被抛弃"的状态。因为一具莫名其妙出现在自己床上的尸体，他接受了严格的审讯，几乎颜面扫地，不仅如此，这场审讯的全过程还被媒体公之于众。尽管哈罗德诚实地回答了警察所有的询问，但舆论普遍认为，他没有做到足够的坦白。他发现自己走在哪里，都会受到特殊关注，人们对他指指点点，房东布斯特先生指责他，甚至连钟点工克莱普顿太太都怀疑他。凡此种种给这位习惯于深居简出的年轻人带来了巨大的压力。更为糟糕的是，为了自证清白，他向警察供出了"纳克索斯俱乐部"的确切地点，这个秘密俱乐部遭到了警察的突袭，被迫解体，虽是为了自保，身不由己，但哈罗德不敢幻想俱乐部的老朋友们还会愿意接纳他、包容他。

没有了朋友的陪伴，父母双亡的哈罗德倍感孤独和伤心，却又无人诉说。哈罗德的这种困境几乎每个人都遭遇过，我们中绝大部分人和哈罗德一样，都是芸芸众生中的一粒尘埃，无法拥有令后人仰望的传奇人生，但都要经历生命的浮浮沉沉、生活的起起落落。在某些时刻，一股神秘的力量迫使我们偏离了生活的正常轨道，如果就此认命，破罐了破摔、自暴自弃，那可能真要陷入万劫不复的深渊，人生再无翻身可能。哈罗德虽游手好闲，安于享受，但当命运的风呼啸而来，自己又无处可藏时，他决定迎头赶上，解开围绕在那具无名尸体周围的种种谜团，回到"体面"的正常世界中。他的这个选择至关重要，因为有时危机也是转机，跌入谷底，陷入绝望，或许我们的人生才能真正开始！

他知道，仅凭自己单打独斗，是不可能完成这个目标的。孤单无助的哈罗德下意识地想起了父亲的老友——普里斯特利教授，一位擅长逻辑推理、对刑事案件非常痴迷的大学教授。从情节安排上来看，哈罗德的困境为普里斯特利的出场提供了绝佳的机会，但这位年轻人踌躇不前，因为两人之间有过争吵。普里斯特利教授和哈罗德的父亲是多年的好友，他们有个共同的心愿，那就是两家儿女能永结秦晋之好。而哈罗德亲手撕碎了两位老父亲的梦想。他曾经出版过一部小说，并对此颇为满意，然而普里斯特利教授作风相对保守，他认为书中的一些情节有伤风化，由此指责哈罗德"行为放荡不羁"，声称不放心将女儿阿普丽尔嫁给他。普里斯特利教授这个人物读者诟病最多的地方是缺乏人情味。但在《帕丁顿谜案》中，一方面他是个冷静的神探，另一方面他也是天底下千千万万个父亲中的一员，他对女儿的爱波澜壮阔却又细腻无骨，想尽一切办法默默守护着女儿的幸福。面对长辈的指责，哈罗德并没有虚心接受，而是直面反击，认为对方有了更好女婿人选——年轻的科学家埃文·邓比后，就开始嫌弃他，两人最终不欢而散。从此之后，他彻底堕落，整天沉溺酒色，再也没登过普里斯特利家的大门，一直到六个月后被卷入这场谜案。

让哈罗德非常意外的是，尽管普里斯特利教授路过了自己最轻狂的岁月，并因此还受到了些许伤害，但对方并没有像他最初预想的那样落井下石，嘲笑或讥讽他选择了一条错误的人生之路，而是在哈罗德向他求助之前就仔细研究了与案情相关的各类细节，不仅如此，他还主动提出来要用自己擅长的逻辑推理帮他洗刷冤屈，恢复他的声誉。而哈罗德自己要做的就是说出全部事实。

在哈罗德的陈述中，我们发现此案有两大疑点，一是这具无名尸体好似凭空出现，尽管各类媒体竞相报道此案，闹得满城沸沸扬扬，却无人能辨认出死者的身份，二是死者生前身患重病，他怎样才能游过运河，偷偷潜入哈罗德上了锁、关好窗的房间？美国作家柯蒂斯·埃文斯（Curtis Evans）赞扬斯特里斯是"谋杀手段的大师"，并赞扬他"在科学和工程的创造性应用方面具有恶魔般的创造力"，因为他总能在上了锁的房间、浴室或封闭的火车车厢里设计看似不可能的犯罪。

有了普里斯特利教授的强势介入，读者却惊讶地发现，剧情并没有像时下流行的侦探电视剧那样，一切问题迎刃而解，案情依然扑朔迷离，好不容易寻到一点线索，一番探究后还是茫然无绪。读者和哈罗德一样仿佛生活在重重迷雾中，找不到一条可行的出路。不仅如此，这部小说还出现了一个"戏中戏"的情节，那就是一家报纸突然刊登了一篇小说，不仅泄露了普里斯特利教授对整个案件的预判，而且把哈罗德描绘成一个始乱终弃的男人。尽管没有指名道姓，事实可能也并非如此，但对于本就身陷囹圄的哈罗德来说，这篇报道却杀伤力极强，读者对此案的看法很容易被其引入另外一个错误的方向，最终的结果可能是哈罗德永远被钉在耻辱架上，再也回不到阿普丽尔身边。正当哈罗德忧心忡忡时，普里斯特利教授接下来的表现却让他大为感动，在看完那则报道后，教授竟然亲切地称哈罗德为孩子，一再表示自己既相信他的悔改之心，也相信和此案并无关，会一如既往地帮助和支持他。

一扇被撬开的窗户、一个失踪的包裹、一具不明身份的尸体，一场莫名其妙的大火、一位不知去向的老人、一篇捕风捉影的小说，哈罗德和读者被这些看似毫无关联的物证耍弄得团团转，普里斯特利教授却运用他那超强的逻辑推理能力，将它们串联在了一起，抽丝剥茧，去伪存真，设局揪出了幕后操盘手——埃文·邓比，阿普丽尔殷勤的追求者，那位年轻有为的科学家，那个和哈罗德形成鲜明对比、一心想摆脱原生阶层的束缚、不断往上爬的年轻人。为了甩掉过去，他想紧紧抓住阿普丽尔，但他沮丧地发现，他和阿普丽尔之间一直处于友谊之上爱情未满的状态，因为女方对哈罗德旧情难忘，余情未了。为了消除两人之间的障碍，他巧妙地设计了帕丁顿谜案，其目的就是要抹黑哈罗德，让阿普丽尔对他彻底死心。殊不知，这场意外却让哈罗德迷途知返，最终和阿普丽尔破镜重圆。如果说《倾城之恋》是用一座城的倾覆来成全一段婚姻，那么《帕丁顿谜案》则是用一场谋杀案来成全一段感情。

普里斯特利教授是作者在这部小说中着力打造的人物，但这个人物所持的立场并不一定符合社会的期待。因为他所有行动的出发点都是为了自己的女儿，无关是非正义。只有从这个角度，我们才能理解，这位老父亲在最后一击之前，为什么要试探自己的女儿阿普丽尔是否对哈罗德依旧一往情深。试想一下，如果阿普丽尔移情别恋，对埃文·邓比产生了情感，普里斯特利教授有可能会让帕丁顿谜案成为一个千古难解之谜，凶手不仅逍遥法外，还和意中人过着体面的中产阶级生活。有一种观点认为，侦探作家仅仅把他们的作品看成是娱乐读者的一个猜谜游戏，或是读者和作者（侦探）的一种智力竞赛，至于社会方面的问题，从不在他们的考虑范围之内。这或许解释了为什么在《帕丁顿谜案》中，普里斯特利教授只关心两件事：一是侦破疑案，二是帮女儿找回失落已久的爱情，当然，后者才是他的最终目的。

Contents

床上死尸

"先生，准备好！"出租车司机厉声叫道。

下车时，哈罗德·梅里菲尔德拼命抓住敞开的车门，才没有掉到车行道上。

"没——没关系，"他结结巴巴地说，"今晚的路滑得要命，一定是因为下霜了。车费多少？"

出租车司机点燃一根火柴，若有所思地盯着钟表。他们走得太远了，谁都没有时间或距离的概念了。

"八先令九便士。"出租车司机说，那神态就像在陈述一件确凿无疑的事实。

哈罗德·梅里菲尔德摸了摸口袋，掏出一张十先令钞票，严肃地说："拿去，不用找了。"仿佛烫手似的，他突然松开门把手，沿着哈罗路飞快奔跑。

出租车司机打量着他远去的方向。"这一趟太奇怪了，"他喃喃地说，"那家伙喝得酩酊大醉，凌晨两点半在皮卡迪利大街拦车，让我送他去帕丁顿登记处。到站后，差点径直冲到警察局去，好像要为酗酒和扰乱治安自首。但他没有，他没去，他比我想象的要聪明多了。好吧，反正与我无关，我该走了。"他挂上挡，转动方向盘，消失在埃奇威尔路的尽头。

出租车司机所关心的对象，虽然是奔向警察局的，但最终拐过贫济院临时收容所门口，朝左边走去了。这人坚定地迈着步子，就像要问心无愧地坦白自己醉酒一样。显然，他以前经常走这条路。旁观者可能会觉得这人的双腿已经习惯了这条路线，不需要受头脑控制。它们沿着路中间不确定的方向前进，小心翼翼地转弯，好像一艘船绕着浮标摇摆，最后拐进狭窄的死胡同，上面挂着一块破破烂烂的牌子，借着日光貌似能辨认出"河滨花园"几个字。但是碰巧没有人看到，也许在冬季晚上的凌晨三点自然如此。

夜晚雾气朦胧，那是十一月底的一个夜晚，伦敦笼罩在一片昏暗之中，它不像真正的浓雾，释放着令人愉悦、好像被人蒙了眼般的朦胧感，而是一种恼人且透不过气的混浊，把煤气灯光变得模糊不清，让下面来往的车辆在黑暗中咆哮颠簸。在这个相当死气沉沉的晚上，房间里铺着温暖的地毯，电灯通过灯罩发出柔和的光，与毫无生机的阴冷街道相比，显得更加奢华和令人向往。

当哈罗德·梅里菲尔德踏进纳克索斯俱乐部大门时，就有了这样的感觉。这家俱乐部是个隐蔽的建筑，藏在苏荷区一条不起眼的街道上，躲在一处阴暗的砖墙前。等到离开时他已经忘记之前的不适感，不知什么时候忽然意识到雾已经散去，取而代之的是一阵寒冷的细雨。他等了太久太久，十几个小时？二十个小时？他不记得了……他找了一辆出租车，说服司机相信他真的想去帕丁顿登记处——这有点困难，因为那人对这个目的地表达出厌恶的鄙视——"喂，别胡扯了，夜里这个时候不开门的，再说了，你也没带姑娘呀。"——他已经一屁股坐到出租车的角落里，以便好好想想自己所受的委屈。噢，是的，这是一个非常美好的夜晚，他承认，对其他人来说非常美好。然而自己的夜晚却毁了，一个人喝酒，或者跟姑娘们一起喝酒又有什么意思？这些姑娘只不过是暂时的慰藉，主动过来缓解他的寂寞而已。以前从没让他失望过的维尔，这次却莫名其妙地离开了，没有一句提醒，甚至没有打电话解释。当然，他本可以到她的住所把她接来，可是在这样一个晚上，他为什么要这么做呢？他不打算追求任何姑娘，来不来随她的便。下次他不会露面了，就看她会怎么样。

直到出租车停下来，打断了他的思绪。到了目的地，他踉跄地走出去，发现擦破了小腿，心里更加难受了。当他拐进河滨花园，跌跌撞撞地走过脏兮兮的路面上积满的水洼时，深感自己受尽屈辱，心如芒刺。藏于帕丁顿这块偏远地段，在这条短路的两侧，有一处荒僻的地方，矗立着一排破败的两层楼房，前面的花园凌乱不堪，漆黑一片，里面散发着垃圾的气味。他走过这排楼房，拐进右边最后一个花园矮墙里的大门，总算安全到家了。

河滨花园16号也许是这一排取了如此奇怪名字的房子中最不衰败的一家。从死胡同狭窄的路面开始，有一条大约十码长的柏油路，穿过一块曾经是花园而现在堆满垃圾的荒地，通向一个摇摇欲坠的门廊。你走上几级台阶，站在楼梯顶上，"河滨花园"的名字之谜便揭开了。一堵矮墙围着死胡同的尽头和花园的一边；而在另一边，连接运河的积水阴湿难闻，令人望而生畏，像是一种墨色的液体，布满不知名的漂浮物。只要有足够的想象力，就能看到这条阴森的沟渠里有一条河，房屋前那片荒凉的土地上长着丰富的植物，那出乎意料的命名就变得理所当然了。

既然你的疑问就此得到解答，那就来探索面前的走廊吧。你可以在两块门板中选择敲哪一块——不见门铃，只有两扇门上窄小的耶鲁锁孔。其中一扇门通向的地方，礼貌起见可以称为"商店"；只要透过左边肮脏的玻璃窗看，就能猜出来。这扇门上方，你可能已经破译了"G.布斯特"这个名字。通过趴在窗户上的有限视野，你兴许会发现布斯特先生的商店专门收藏维多利亚时代中产阶级家庭所淘汰的垃圾。

由于喝醉了，手不听使唤，哈罗德·梅里菲尔德费了好大劲才把钥匙插进另一扇门的锁里。门开了，露出一段狭小的楼梯，令人吃惊的是上面铺着一块破旧却精致的地毯。这座怪异房子的主人一步步爬上台阶，走到一个通向两扇门的小平台。他打开通往房前的门，磕磕绊绊走进去，摇晃地撞在各种家具上。他嘴里嘀咕着，咒骂着，摸索了半天，终于找到一盒火柴，点亮灯。然后把外套堆在地板上，倒在一张极其舒适、靠垫很厚的椅子上。

在这个特别不受待见的贫民窟中心，一个穿着完美晚礼服的年轻人坐在一间陈设豪华的房间里，如此景象可能合理预示着什么了不起的事情。从各方面来说，哈罗德·梅里菲尔德都是个杰出的年轻人——顺便一提，由于名字的发音，纳克索斯俱乐部的好友都叫他"快乐魔鬼"。他的父亲是一个年迈的鳏夫，一位受人尊敬的家庭律师，大家一致认为哈罗德会继承父亲在乡下的行当。然而，战争一爆发他就接到任命，直到停战后他才能回来，虽然他没有获得任何荣誉，但他和上级军官都为最终的结果感到满意。

与此同时，他的父亲去世了，留下的遗产远远少于独子颇为自信的预期。复员后，哈罗德的收入少得可怜，根本算不上有钱。他还本能地厌恶艰苦工作，喜欢挥霍无度。他的问题是如何调和这三个因素，以便获取最大的快乐。哈罗德用自己的方式解决了这个问题，他来到伦敦，尤其是帕丁顿，是有原因的。凭借一次神奇的偶然机会，他在布斯特先生房前花园的木板上看到一个告示，上面用杂乱无章的字母写着"房间出租"。他心动了：他可以在这里过自己向往的与世隔绝的生活，花最少的房租，从而把最多的钱留给享乐。他把父亲所有的家具都搬到这所破房子里去了，剩下的卖掉。他未来的活动范围限定在两点一线，一个是纳克索斯俱乐部，另一个是河滨花园。

但有时，他会稍稍偏离既定路线，触及其他层面，就像彗星因像差令天文学家大吃一惊一样。他虽然游手好闲，安于现状，可每隔很长一段时间，就会感到一种不可抗拒的欲望，驱使他伸手去拿纸和笔。最终的结果是完成了一部小说，作者自己幽默地坦言"这是一盘牛肚"。是牛肚没错，但由于制作方法的缘故，它有一股明显的腥味。小说讲述了经常光顾纳克索斯俱乐部的那些特殊社会阶层人们的生活和爱情。长话短说，《阿斯帕西娅历险记》被一家出版社看中，该公司曾因出版这类小说而享有盛誉。经过一些必要的校正，用暗讽代替赤裸裸的描写后，小说终于出版了。作者从中小赚了一笔，报刊用伪善的版块略有提及此书，出版社甚至还宣称将出版更多类似的作品。然而小说带来的不仅仅是这些，它带来了一种方法，可以消除几乎已麻木的良知的最后顾虑。哈罗德·梅里菲尔德的生活方式因事业的发展而达到巅峰。

但哈罗德躺在舒适的椅子上想到的不是事业，事实上，他很难连续思考任何事情。他知道自己又累又困，可一闭上眼睛就会有一种难受恶心的感觉，这一部分与那快速闪烁的火苗有关，如果睁开眼睛就不会那么糟。蜡烛的火焰不肯聚集，也不肯前进和倒退，让人恼怒，一股自怜的情绪涌上心头。他是一个可怜巴巴、孤苦伶仃的人，维尔抛弃了他。维尔，这个几个月来一直与他共度美好时光的姑娘。维尔的样子不断地挡在他和蜡烛之间，逗趣嘲讽他。在房间黑暗的角落里，另一个女人的身影在某处徘徊，出现这样的幻觉是一种责备，一种对他平静内心的威胁。他轻蔑地笑了，噢，是的，阿普丽尔和父亲骂他是个讨厌鬼，还用《阿斯帕西娅历险记》来面斥他。他们为什么不直说埃文·邓比更配得上阿普丽尔呢？该死的假清高！

有那么一刻，他飘忽不定的思绪停在了埃文·邓比身上，严厉的斥责随之由宽恕之情取代。邓比本质上是个好人——勤奋、聪明，根本不像他那样。阿普丽尔当然更喜欢邓比，而不是自己这种悲惨孤独的魔鬼。嫁给邓比吧，而他要用实力来报复他们。如果用心的话，他可以写出一本畅销书。对的，老天，现在就开始。

他从椅子上跳起来，站了一会儿，仿佛在一个狭窄的台子上寻找平衡，然后又无精打采地往椅背上一靠。有什么用呢？谁在乎他做什么？阿普丽尔已遥不可及，维尔也离开了他，凌乱的壁炉里的炉火早已熄灭。除了上床睡觉，别无他法。

他小心翼翼地从椅子上爬起来，用颤抖的手握住烛台，摇晃地向那扇通往房子后面卧室的门走去，如同正在从事一项需要技巧和专注才能成功的事业似的。他穿过窄窄的门道，把蜡烛放在梳妆台上，开始摸索自己的衣领和领带。突然，他感觉它们正在疯狂地与他玩捉迷藏，该死的衣服！它们像梦魇一样紧紧缠住他，扼杀掉他试图用手指解开并逃离它们的希望。他把外套和马甲扔在椅子上，松了口气，转身向床边走去。他必须得躺一会儿，头开始疼了，等感觉好些再脱衣服吧。

蜡烛发出摇曳的光，照亮整个房间。他看见床上有团黑乎乎的东西，肯定是晚上穿衣服时扔在上面的西装。他想伸手拽下来，却突然停住了，仿佛有一只冰冷的手抓住他。那块黑乎乎的东西根本不是衣服，而是一个男人躺在他的床上。

一开始的震惊变为确信无疑后，他傻笑起来。一个男人！如果是一个女人呢？维尔也许会不远万里来乞求他的原谅。这当然不可能，她怎么进来呢？他曾经是给过她一把钥匙，但她刚拿到就丢了。那么这家伙究竟是怎么进来的呢？

8

哈罗德回到梳妆台拿蜡烛，这种事绝不能容忍。他把蜡烛举到床边，开始招呼这位客人。

"喂，朋友，我不介意你这样待在我的房间，但不允许你把我从我自己的床上撵走呀。想睡就睡吧，不过得睡在隔壁沙发上，做个好人，把床让给我，我忙了一晚上了。"

床上的身影似乎没有听见他的话。哈罗德把手放在那人肩膀上，突然又缩回去，他摸过的衣服正在渗水。哈罗德惊恐万分，弯下身子，把蜡烛贴近男人的脸，那人双眼睁着，目光呆滞，空洞无神。哈罗德震惊地清醒过来，把手伸到他湿透的衣服下面，寻找心脏所在的那块皮肤，又冷又湿，这个毫无生气的躯体里没有丝毫的脉搏。

刹那间，他停了下来，与全身涌起的不适做斗争。然后，他披上那件扔掉的大衣，冲出房子，疯狂向警察局跑去。

普里斯特利教授

直到一周以后，哈罗德才抽空，或者说鼓起勇气去拜访兰斯洛特·普里斯特利教授。之所以说"抽空"，是因为他的时间都排满了，最讨人厌的是，他要被那些执拗的警官审讯和会见，这些人极欲窥探他的习惯和熟人。提到"勇气"——好吧，普里斯特利教授碰巧是阿普丽尔的父亲，他们上次会面也是不欢而散。

普里斯特利教授是他父亲的同学，两人在早年就保持着亲密的友谊。然而老梅里菲尔德舒舒服服地安顿下来做乡村律师的时候，普里斯特利却忙着在各个大学门口争论不休，头脑丝毫不安分，对数学的最高分支有着近乎疯狂的热情，偶尔还会在一些超科学杂志上投掷炸弹，发表极具争议的论文。这场针对既定学说的单枪匹马的战斗何时能结束，我们就不得而知了。可出乎意料的是，普里斯特利娶了一位颇有家世的女士，解决了自己的二项式问题。这位女士为他生下阿普丽尔，却在孩子十四岁时去世了——也许是对数用得太多了。

普里斯特利婚后就安定下来，但只是相比之下，也就是说，他把以前的游击战换成了定期的攻城战。武器不再是刺刀和炸弹，而是用激烈的演讲和严肃的文章炮轰所有公理的支持者。他自称为爱因斯坦的先驱，是第一个攻破牛顿堡垒的人。他的熟人都不知道这些事情，所以在家里他就不必为可能因此产生的矛盾而烦恼了。

这两个朋友，梅里菲尔德和普里斯特利，仍然时常见面。普里斯特利会把小女儿带到乡下去住，梅里菲尔德也会把儿子送到城里待一礼拜。阿普丽尔和哈罗德两人年纪差不多，他们会在阿普丽尔家庭教师的悉心照料下一起逛动物园、杜莎夫人蜡像馆和伯爵宫展览。想必他们的爸爸，要么忙着讨论数学的变分法，要么针对宅院及物业继承人和受让人的权利问题聊得不可开交。

不可避免，在他们诸多奇怪的想法中，有一条在两个大人心中达成共识，他们天真地想象出的秘密是不会让孩子知道的。既然这样，这个想法比通常更清晰。对数学家来说，任何不确定性都会使之恐惧；而对律师来说，任何松散的措辞都堪称指责。当然也大可不必到起草、盖章、签字并交付协议的地步，但这对慈爱的父亲坚决地下定决心，哈罗德要娶阿普丽尔为妻。

两个孩子比一般孩子更随和，心甘情愿地接受了此计划。当然，这个想法只能通过暗示传达给他们，不过随着他们越来越大，暗示也越来越清晰。整件事情都被认为是理所应当的，是一个没有其他选择的假设。随后战争爆发了，老梅里菲尔德去世了，哈罗德奇怪地偏离了既定的路线。

没有必要去深究哈罗德是怎么一步步背离婚约的，普里斯特利如何直言不讳地责骂，以及阿普丽尔如何犀利地讽刺。危机是在一天下午来临的。拜访韦斯特本排屋的房子之前，哈罗德吃了一顿特别丰盛的午餐，因为前几天《阿斯帕西娅历险记》刚出版，大家一起喝酒庆祝一下。来到教授的书房，首先映入眼帘的是桌上这本轰动一时的书——应该指出的是，出版商认为女主角混在男人堆里不穿外套太令人吃惊了，要用夹克修饰一下才合时宜。哈罗德和阿普丽尔父亲的谈话以后者表明立场告终：他无法想象自己女儿嫁给这样一个男人，正因为其行为放荡不羁才写出了如此胡言乱语的色情读物。哈罗德借着香槟的酒劲，反驳说有了年轻小伙埃文·邓比的陪伴，阿普丽尔似乎得到了十足的安慰，他打算不管三七二十一，想怎么样就怎么样。这次短暂而激烈的会面是在六个月之前进行的，也是他最后一次经过韦斯特本那所房子的大门。

但现在，准备按铃的哈罗德充满内疚，紧张地摸索着，内心偷偷期盼着铃不要响，如此他便能在受折磨之前，再多休息几分钟。不过，尽管他的触碰很轻，铃声还是在远处响了起来。老用人玛丽以令人惊异的速度开了门，她并不介意哈罗德的再访。

至少，她是站在哈罗德一边的，毕竟还保留着一些美好回忆呢。当初家庭教师不在时，她暂时负责照看孩子，就躲在食品柜里大吃蜜饯果脯。

"天啊，哈罗德少爷，你好久没来啦！"她喊道。接着，她迅速想起前几天他的名字赫然印在报纸上，继续说，"先生，主人在书房里，请到这边来——"

好吧，他现在要遭殃了。门开了，侍女领他进去。教授正在窗边书桌前工作，听到他的名字马上站起来。

"进来，哈罗德，我的孩子，"他大声说着，伸出手来，"请坐，别拘束。我很高兴有机会告诉你，我们读知这条痛心的消息时感觉多么遗憾。"

"谢谢你，先生，"哈罗德感激地回答，"我觉得我必须过来跟你谈谈这件事。"

他在火炉前的一张皮椅上坐下来，教授坐在另一张。

"我正等你来呢，"教授平静地说，"我本来要去找你的，不过你自己来似乎更好些，我能猜到这件事对你的打击有多大。"

哈罗德顿了一下，回答："我这几天过得很糟，你应该已经在报纸上了解了大概吧？"

教授点了点头，哈罗德沮丧地继续说："这让我对自己和自己的生活方式感到非常厌恶。虽然我直接去了警察局，但他们似乎认为我和那个人的死脱不了干系，我不得不回答一大堆有关那晚活动的问题。他们找到了送我回家的出租车司机，幸运的是那人还记得我。可他们并不满意，还想知道司机来之前我在哪里。我一直没说，直到他们指出如果我被起诉，事情就会暴露。"

"为什么不说呢？"教授问。

"好吧——嗯，我还是和盘托出吧，先生，"哈罗德情绪有点激动，"我特别不想把他们的注意力引到我那晚待的地方上来，那里叫纳克索斯俱乐部——就是下班后喝酒之类的，你知道的。"

教授皱起眉头沉思，重复道："纳克索斯，纳克索斯？啊，对了，我记得有个叫阿丽雅德妮的年轻女子，几年前与巴克斯一起在叫那个名字的岛上冒险。毫无疑问，这是最适合你们俱乐部的称号，所以你迫不得已把这个地方的秘密泄露给了警察，对吗？"

"我只说了去过那里，"哈罗德回答，"负责这个案子的汉斯莱特探长说，如果出租车司机对开车送我回家的描述正确的话，那么这个地方值得一查。第二天他告诉我，我的不在场证明成立了，但将来纳克索斯俱乐部的成员必须另找一个聚会地点了，想必他已经派人搜查了。"

"恐怕他必须这么做，"教授冷冷地说，"这样有损你在以前伙伴那里的声望吧。听我的，别再提了，孩子，你知道，现在改邪归正还不晚。你受了一次严重的打击，不妨从中受益。"

"真希望我能！"哈罗德提高分贝，"我烦透了一切，烦透了我糟糕的行为，为自己感到羞耻。我也想好好生活，找个体面的工作，但我到底能做什么呢？这个人的死仍然是个谜，他们甚至连他的身份都没搞清楚。验尸官在验尸时发表过一些非常不利的意见，警察他们似乎都认为，即使我没杀人，也一定知道一些事情。不，我是怀疑对象——我很清楚自己仍然在被监视之中。你不能指望任何人会乐意接受一个名字在报纸上臭名昭著了一星期的人。不，先生，不行，我得离开这个国家，这就是我来跟你说的事。"

教授停顿了一分钟。"你这样想我一点也不奇怪，"他终于开口，"你遭遇的麻烦事使你心烦意乱，这在意料之中。不过实际上，情况并不像你说的那么坏，就个人而言，我完全相信你的清白，不是因为我对你了如指掌，而是从案件的逻辑事实来看，科学推理是站在你这边的，孩子。"

他又停下来，哈罗德嘟囔地感谢这番坦率的赞辞。然后他继续说下去，慢吞吞又略加思索，好像在阐述一个论点。

"我同意很多人可能倾向于认为你并非完全无罪。在自己床上发现一个死人，这肯定让思想不严谨的人怀疑床的主人和死者一定有某种联系。不幸的是，这种想法相当无懈可击，以至于反驳它的唯一方法是揭露案件的真相。面对这种特殊情况，警察应该发挥作用，但我非常怀疑他们是否会进一步调查此案。他们只关心犯罪案件的侦破，但由于验尸报告的结论是'自然死亡'，因而他们很可能宣称本案没有犯罪行为。换句话说，我的孩子，如果你想在世人面前澄清自己，必须自己解开这个秘密。"

"我也得出了这个结论，"哈罗德垂头丧气地说，"可一点头绪也没有。"

教授从椅子上站起来，背对着炉火，俯视着年轻人。"训练有素的头脑，"他话里有话，"也就是说，习惯于逻辑推理的头脑，常常可以用松散的事实碎片堆砌出不可撼动的真理大楼，而在别人看来，这些碎片不过是无用的垃圾堆。我仔细研究了与本案相关的各种细节，一是因为我希望你来找我咨询，二是出于其中包含许多有趣的内容。可以说，如果你愿意接受我的帮助，我们有希望共同解决目前的难题。"

哈罗德猛地抬起头，眼中充满疑惑。他连同情都不敢指望，然而这位严谨的老数学家不仅同情他，还提出要帮助他驱散笼罩在他头顶的乌云！

"一定的，先生，我对你的帮助求之不得，"他犹豫地回答，"但是——"

教授打断了他的话，果断地说："就这么定了，现在，第一件事是整理下我们目前知道的事实。可以说其中大部分已经在我手中了，正如之前提过的，我一直在密切关注这个案子。对我而言，可能最好的方法是陈述我所知道的事实。如果信息有误或者不充分，请你补充。"

他离开壁炉旁的位置，不慌不忙地坐到椅子上，眼睛里闪过一种热切渴望、兴趣盎然的神色。当他思索喜欢的问题时，尤其当解决方法与大多数人不一致时，他总是带着战斗的神气。

"你去警察局报警后，他们派人去找已经下班的汉斯莱特探长，"他突然开口说，"一名警察被立刻派往河滨花园 16 号。汉斯莱特探长和法医到了之后，你们三个也跟过来，直奔那间躺有尸体的卧室。是这样吗？"

"是的，先生。"哈罗德答道，调查时就是这样透露的。

"很好，现在来聊聊尸体。勘查结果表明，这是一位上了年纪的男人，估计在五六十岁之间，胡子剃得干干净净，头发也剪得很短——没有容易辨认的明显特征。显而易见，他对自己的外貌很是讲究，为了掩盖头上的白发也做了些努力。但是牙齿好像被忽略了，露出了相当多蛀牙的痕迹。相反，手保养得很好，看样子没干过体力活。

"他穿着一套非常合身的蓝色哔叽西装，里面的内衣没有洗衣标签或商品说明，质地对于这个季节来说显然很薄。他也没有穿大衣，这一点是值得注意的。西装虽然旧了，但剪裁很棒，很可能是由一位厉害的裁缝做的。尽管内衣没有任何标识，西装却被好手艺人从里面翻出来，配上了简单的骨钮，这特别有趣。他的靴子是个名牌的标准黑色细带靴，最奇怪的是，尽管死者穿的薄袜子，但鞋子还是显得异乎寻常地紧。没有发现任何帽子。"

教授列完这些要点后，靠在椅背上，用敏锐的眼光望着哈罗德。

"撇开细节不说，我想我已经概括了这个人及其穿着的基本事实，"他说，"先处理这些问题，是因为到目前为止尚未确认他是谁，不过，与警察不同，我认为他的身份是次要的。讲了这么多，你还有什么要补充的吗？"

"没什么，先生，除了他口袋里的东西。"哈罗德答道。他继续全神贯注地听着教授精辟的总结。

"马上就要说到了，"教授说，"我们不要混淆了证据的类别。从目前的情况来看，警方推断死者是一名非体力劳动者，收入有限，被迫尽可能保持外表的体面，实际上可能是某种职员或窃贼，你同意这个推论吗？"

"同意，先生，"哈罗德回答，"但既然你能列举这么多细节，为什么无法通过衣服确认身份呢？好奇怪呀，以前没想那么多。"

"哼，"普里斯特利教授咕哝道，"对每一个待查明的事实，不管是否相关，都要给予同等的重视，我不能责怪你，因为世上最厉害的科学家都经常犯这种错误。继续吧，你提到他口袋里的东西，有这些：总共一英镑十六先令四便士，包括一英镑十先令的纸币，两枚半克朗，一先令，三便士和两枚半便士，是随意携带的，也就是说，没有放在钱包里。胸前口袋里有一根锯齿状的钢轮胎杆，长九英寸，明显很新，上面有汽车配件有限公司的商标——一个方向盘。除此之外，还有半打磨损的垫圈和螺母，以及汽车轮胎阀门的零配件——都零散放在上衣侧面口袋里。

"现在再说一遍，这些东西对辨认身份没有任何帮助。纸币和硬币是普通货币，没人会记下到手的纸币编码。汽车配件有限公司是一个大的联合制造商，这种特定类型的轮胎杆是他们的标准产品，在任何修车厂都能买到。一般情况下，杂散的螺栓、螺母和阀门零件都不可能追踪源头。目前你没有异议吧？"

"没有，先生，"哈罗德答，"不过有一点，综合以上情况，他们指出这个人在某种程度上与汽车相关。"

"所以这差不多驳回了职员或窃贼的推测，"教授认同道，"但一个口袋里装着汽车零件的人更有可能是机械师或司机，而不是修车厂员工。现在说明这个人不可能实际掌控机器的原因有两点：第一是他双手的总体状态，特别是手指细纹之间没有丝毫根深蒂固的污垢，这种根深蒂固是相当持久的，任何操纵机器的人都这么说。第二是他衣服上没有油渍，你可以反驳说他从来没有穿着那身衣服靠近过机器，但我仍坚持认为油特别能渗透到内衣，这样看来他背心和内裤上都没有油的痕迹。"

"你究竟是怎么知道这一切的，先生？"哈罗德惊讶地叫道，"调查时都没发现这么详细的东西。"

普里斯特利教授放任地笑了笑，答："看来我不知不觉出卖了自己，本不想在这个时候告诉你这件事的，但汉斯莱特探长是我的朋友，有着广泛的兴趣爱好，身兼要职的长官都这样。两三年前他碰巧在《心理演绎法》上读到我一篇论文，我敢说我成功地驳斥了几个大众普遍认同的理论。但这不是重点，自那以后他常来找我帮忙串联一些零散的证据。我三四天前找过他，他很乐意谈这个有趣的案子，不过我猜验尸陪审团的裁决已经减轻了他的焦虑。当然，我并没有告诉他我跟你的关系。"

哈罗德惊讶地倒抽一口气，咄咄逼人的数学家对刑事案件着迷，这看起来新奇且荒谬。对他来说，数学就是一堆奇怪的符号和希腊字母，他从不认为这是一门适用于人类活动的科学。

"不过,"教授停了一下,继续说,"刚才就是随便一提,我想强调的是到目前为止,我们没有发现任何对确定死者身份有重大帮助的证据。现在我们转向一个更有趣的方面,就是这个人的死因。

"根据你的陈述,你首先想到的是那个人的衣服被水浸泡了。调查显示,他躺着的床也很湿,但以床摆放的位置,是不可能有雨水从窗户吹到上面的,屋顶也没有漏雨的迹象。要么进门前衣服就是湿的,要么是进门后故意弄湿的,房间地毯的潮湿痕迹与这两种猜想都能吻合。我们一定要注意,虽然似乎有证据表明水的来源,可这个证据并不一定是决定性的。"

"但肯定,"哈罗德打断说,"是从运河那边来的——"

教授举手打住,说:"等到了这一点再说,我们现在还没有讨论尸体是如何进入你的房间的。他们发现时已经确认了尸体的状况,就是湿漉漉地躺在你的床上。现在我们来看看死因。

"利用专业医学证据来看,验尸陪审团得出了自然死亡的结论。尸检已经进行过,我们必须假定,尸体是由熟悉各种死亡方式的专家从内、外部非常仔细地检查过了,这些专家似乎能够排除暴力或中毒致死的可能性。我不是医生,因此不得不相信别人的话。除非有证据推翻这个结论,否则只能接受。

"不过尸检发现了两个明显的事情。第一，左前臂上有微小的疤痕——我还无法确定——可能是皮下注射造成的，从在手臂上的位置来看，也可能是自己造成的。专家表明，没有发现药物的解析或病理痕迹，所以不会有毒物注射造成死亡的可能性。第二，死者长期遭受心脏感染的折磨，而且这种折磨往往会致命。心脏感染的存在让其中一位专家提出如下意见：前臂的疤痕是为了缓解心脏问题自己注射导致的，由于死前很久没有注射，才检查不到任何药物使用的迹象。我想这是对医学证据的合理解释吧？"

哈罗德点了点头，他现在明白教授不喜欢被打断思路。

"很好，那么，"教授接着说，"我想你也认同，这些基本上是反面证据。当被问及如何解释男子的死亡时，这些医学人证——我是说目击者，即法医向内政专家求助找来的人——表示死者死于心力衰竭，在寒冷的夜晚突然浸入水中，影响了已经衰败的器官。男子死于心力衰竭是显而易见的，我想大多数人都死于某种原因导致的心脏骤停，但我不敢说他的心脏是因为他们所宣称的原因而衰竭。也许有一些不为外行所知的证据可以支撑专家的观点。如果让我发表意见，我会说尽管非常有道理，这也仅仅是一种猜测。无论如何，验尸官和陪审团抓住了这点，他们的裁决就是结果。

"下一个问题显然是死亡时间。法医在凌晨五点左右看到尸体，认

22

为已死亡至少九到十个小时了。同样，我在这方面不是专家，也没有经验，我们可以暂时接受这个估测。这样可以假设这人在前一天晚上八九点钟就已经死了。根据你的证言，你傍晚四点左右离开住所，此时确定房间没有人，不管活人还是死人。"

"是的，先生，"哈罗德看到教授停下来，仿佛在要求确认，便回答，"我猜想，警察隐隐地怀疑尸体一直在那儿，因为医生只能说死亡时间不少于八到九小时，不超过二十四个小时。"

"有可能，有可能，"教授表示同意，"但另有一些确凿的证据——我承认，远比死者身份问题更让我感兴趣——似乎指向了另一个方向。我是说关于尸体如何进入你房间的证据。如你所知，我从未去过河滨花园 16 号，但从一个去过的朋友那里，得到了一个我认为不算确切的描述。"

"又是汉斯莱特探长吗，先生？"哈罗德问。

"不，"教授回答，"他已经确信了。我希望从一个不知道调查细节的人那里了解情况，埃文·邓比能给我需要的东西。"

"邓比！"哈罗德尴尬地人叫，"噢，是的，当然了，他六个月前去过一次，他来——"

普里斯特利教授等着他说完，但哈罗德又沉默了。

"他告诉了我去的原因，"他平静地说，"他是你的一个朋友，以为

23

你出了洋相，过去看你是否知道怎么回事的吧。"

"嗯，事实上，这正是他来的目的，"哈罗德同意，"他真的对这件事很有风度。不过他并没太看到房间的样子，我当时正在穿衣服准备吃晚饭，把一半衣服扔在客厅。他在那儿待了十分钟左右，我就进卧室洗漱了。他隔着门和我说话，根本没见过发现尸体的那间卧室。"

"他也是这么说的，"教授答，"这正是我想亲自去看看的原因，你愿意带我去吗，孩子？"

"非常愿意，先生！"哈罗德大声说，"你想什么时候去？"

普里斯特利教授思考片刻，答道："明天下午三点钟我有空，听着，孩子，我不想给你太大希望，但这个案子在我看来也没有那么绝望。明天见吧。"

消失的包裹

　　哈罗德垂头丧气地回到河滨花园。他几乎搞不懂能指望普里斯特利教授做什么，只是一种潜意识的冲动驱使他去找自己父亲的老朋友，一种在无可否认的体面外衣下寻求保护的本能。与预料相反，他受到了热情的接待，让他莫名其妙地以为自己周围的乌云会立即消散。然而，经过长时间的会谈，问题似乎又回到了原来的样子。

　　记仕，哈罗德对揭开谜团的渴望非常强烈。他经历了一场剖心泣血的磨难，成了备受怀疑的对象，受到了严格的审讯。他从灾难中走出来时，几乎没有一点颜面可言；报纸刊登了调查的全部报告，内容并不十分乐观。而且最糟糕的是，尽管裁决已经免除了他的杀人指控，但他知道国外有一种相当强烈的看法，认为他没有和盘托出，还有很多没有坦白。

他觉得自己像个亡命之徒，被全世界回避。回到以前的生活是不可能的。纳克索斯俱乐部也遭到了突袭和解散，变得遭人唾弃，都是因为他讲述了自己在那个要命夜晚的所作所为，他不敢幻想老朋友还会张开双臂欢迎他。无形的坏名声依然跟着他，回到体面的世界纯属痴心妄想，唯一能想到的出路就是理顺这张把他困在其中的神秘大网。普里斯特利教授给了他信心，但又一无所获，只是说事情没有看上去那么绝望。

哈罗德打开河滨花园 16 号大门，首先映入眼帘的是布斯特先生的商店开着的门。他刚走上走廊，店主出来了，一声不吭，面露难色，挡住去路。

"晚上好，布斯特先生，"哈罗德不失礼貌地寒暄，"所以你又回来了？"

这人没有作声，只是站在那里恶狠狠地盯着哈罗德。他又瘦又高，佝偻着腰，五官轮廓分明，眼睛里有一种奇怪而紧张的神情。他身穿一件看上去不太整洁的花呢西装，最引人注目的是一条巨大的红色围巾，既可以当衣领又可以当领带，还有一条同样扎眼的红色手帕，一大半从上衣侧口袋伸出来。他分明不是那种会掩饰自己政治信念的人。

这个人默默地打量了哈罗德一会儿，突然转过身走进商店，示意哈罗德跟进来。他关上身后的门，终于开口。

"你为什么要这样做，同志？"他问道，声音很低沉，好像是从藏在他狭窄胸腔里某种异常的发声器官里发出的。

哈罗德恼羞成怒，转向他生气地说："你这话究竟什么意思？就像你什么都知道似的，没听见警察说这事与我无关吗？你还能比我更清楚吗？"

"该死的警察！"布斯特喊起来，"他们只是专制资本主义的奴才。我们最该做的就是抛弃他们，成立取代他们职责的红卫兵。警察，真的！我在莱斯特做生意做得好好的，他们为什么要来找我，把我的生活搅得一团糟？那天晚上我在哪里？我认识那个死在我家的人吗？他们给我看那人的照片和描述，反复询问，直到我忍不住骂人，我对这该死的一切都不感兴趣。"

哈罗德笑了，想起汉斯莱特探长说过的话："布斯特？噢，是的，我们都知道他。这人是够无辜的，但我们还是要派人调查他。"但他没有告诉房东。

"我不知道你想的是什么，也不想知道，"布斯特继续说，"看起来你已经从中走出来了，大概对其他事情也无所谓。但别指望我会感激你把伦敦所有蠢蛋都招来，我原以为你来这儿是为了隐居。"

他走进后面的房间，嘴里还在嘟哝。哈罗德看得出，说服他相信自己无辜是徒劳无益，便趁机溜回自己的房间。他花了一晚上试着写些什么，最后绝望地放弃了，上床去睡了一会儿。他做了奇怪的梦，梦中死掉的那个人、布斯特、普里斯特利教授和一系列小人物过来嘲笑他，讽刺他众叛亲离。

九点钟，从对面 15 号来的克莱普顿太太像往常一样，大声敲着他的房门。他刚到河滨花园时，曾约她每天早晨来一小时打扫卫生。帕丁顿谜案——报纸头条是这么写的——让她欣喜若狂。汉斯莱特探长一时不小心叫她来回答几个问题，过了一小时才成功逃出来。她喋喋不休地说个不停，说得探长脑袋都晕了。从那时起，她就用滔滔不绝的雄辩来招待自己的邻居和所有被她说服来听演讲的人。除了案件主角外，她是唯一能接近现场的人，于是便口若悬河地讲那一丁点事实和一连串的猜测。

然而今天早晨哈罗德没有心情听她的看法或极其坦直的意见。他穿上便袍让她进来，又回到床上，留她在起居室收拾。在工作时间，她忙着搬弄家具，几次试图和哈罗德隔着门聊天都被拒绝了。离开后，她坚信自己的雇主有什么不光彩的事情要隐瞒。"年轻人过的生活太可怕了，"她总嘀咕，"我看见他天黑以后和姑娘们进去——记住我的话，背地里肯定有什么事！"

哈罗德等到她"砰"的一声把门关上，才疲倦地起床。他刚穿了一半衣服，就在这时，又一声响亮的敲门声打断了他的思绪。

他小声骂骂咧咧地走下楼梯，发现布斯特站在门阶上。

哈罗德皱起了眉头。到目前为止，他和房东一直相处得很好。布斯特有自己的党派信仰，并一直希望他能加入，为此，曾在各种时间拜访他。这人精力充沛又凶巴巴的样子让人发笑，哈罗德把他看作一个无伤大雅的怪人，其兴趣点当然是苏联。但是现在他有别的事情要考虑，没心情去听关于资产阶级罪恶和无产阶级专政好处的演讲。

"早上好，布斯特先生，"他冷冰冰地说，"我能为你做些什么吗？我穿好衣服就要出门了。"

"你得先和我说句话，"布斯特口气凶狠，"有一两个问题我想知道答案。"

哈罗德耸了耸肩，走上楼去。他干脆听听那人要说什么，做个了结。

布斯特先生在哈罗德的高脚椅上坐下，立即直入主题。"听我说，"他表情严肃，"我想知道那天晚上你搞了什么鬼。"

哈罗德精疲力竭地叹了口气，大声说："噢，上帝，你都知道的！你肯定读了报纸吧？"

"是的，读得一清二楚，"布斯特先生回应，"只要与我无关，我就不打听你的事，但有关的话，我就要知道真相。我那包货怎么样了？"

29

哈罗德惊讶地盯着他，重复道："你那包货？你到底在说什么？什么货？"

布斯特先生疑惑地打量着他，说："我想你知道的比我多，尤其是我又那么巧没见到过它。"

"听着，布斯特先生，我不知道你在说些什么，"哈罗德现在完全清醒了，回答说，"我没有拿你的东西，你可以随便搜，搜完后麻烦离开这里，让我清静会儿。"

布斯特轻蔑地笑了，说："噢，我想你没有把它放在这儿吧。不过就像这样，我还不至于相信一个人在你不知情的情况下过来死在这房子里，并且在同一天晚上，我的一包货也不见了。我不得不认为你知道些什么。"

"你怎么知道它是那天晚上丢的？"哈罗德厉声问道。

"那天晚上你回家时，没看到它倚在门廊下面、我的门前吗？"布斯特先生恶声恶气地说，"还是你醉得厉害，什么都没注意到？"

哈罗德停顿片刻说："我不敢确定第一次回来是什么时候，要知道，当时简直一片漆黑。但我能保证，和警察一起进来的时候，那里什么也没有。如果有的话，有人会看到。我出门的时候，也什么都没有。"

"你出门的时候，当然没有，"布斯特先生不耐烦地说，"当时还没送到。好吧，我来告诉你事情的原委，你把东西从朋友那儿拿回来，我不会问任何问题，够公平吧。"

哈罗德火冒三丈，刚想反驳，布斯特先生阻止了他。

"好了，你听着，"他打断道，"我从莱斯特拿了些货，去见了乔治，乔治在哈罗路开货车，不时替我运些东西。我安排他去车站取货，离开时他说：'布斯特先生，那天晚上我给你留的东西还好吗？'

"'哪天晚上？'我问，'这几个月你没有帮我运货呀，乔治！'

"'怎么回事，你房间发现尸体的那天晚上，布斯特先生，'他说，'因为出事了所以我印象深刻，我肯定是在那家伙闯进来之前一小时左右到你家的。'

"唉，我不在家的时候不知道谁会来，只是偶尔会有同行朋友送一些我用得到的东西过来。认识我的搬运工通常把东西留在门外，前面花园很安全，尤其很沉的东西，都会在那儿。你之前也见过门廊下有货放着，对吗？"

哈罗德点头说："是的，但你外出的时候那里什么也没有。"

布斯特先生满腹狐疑地望着他："唉，我告诉乔治，回来的时候没看到东西，并且问：'究竟是什么东西？从哪里来的？'

"'不知道是什么，不重也不轻，'他说，'老塞缪尔斯给我捎信说有东西给你，要我特别小心，当晚就去取。所以我去了坎伯威尔，四点钟拿到东西，五点到六点钟就回来了。'

"好吧，我不知道老塞缪尔斯有什么东西给我，但真的没看到。他以前是社会主义同志，最近有点懈怠了。虽然自称塞缪尔斯，但真名是萨穆利。他有一个亲戚是列宁的手下，在匈牙利打过一场光荣的仗，当资本家重新确立资产阶级的时候，宁可自杀也不肯被抓走。不要紧，不会持续太久的，整个欧洲已经处于危险边缘——"

"但塞缪尔斯和他的货呢？"哈罗德打断，他更想听那个可怕夜晚发生的事情，而不是有关布尔什维克主义的宣言。

布斯特先生克制住了，回到自己的故事："是这样，乔治说接到消息——他家院子里有个人有部电话机，会帮我们这些做生意的传信给乔治——然后来到塞缪尔斯的住所。他没有看到老家伙本人，但听到后面店里的喘息和咳嗽声。乔治敲了敲柜台，塞缪尔斯的外甥走了出来。外甥有点愚钝，到处找不到工作，就搬来和舅舅一起住。他给乔治看了一个用草席和绳子包起来的包裹，两人一起把它抬进货车。乔治说大约有六英尺长，差不多两英担重。'舅舅说如果布斯特先生不在家，你就把它放在门廊下，在外面一两个晚上没关系。'外甥告诉他。乔治问是否能给拿来一先令六便士的酬劳，外甥走回后面的房间，乔治又听见老人喘息和咳嗽声，肯定是他没错。"

讲到这里，布斯特先生原本严肃的脸露出一丝微笑，解释道："老塞缪尔斯很有钱，可一毛不拔，拿一先令就跟拔一颗牙那么费劲。过了一会儿外甥回来了，给了乔治一先令六便士整，想多一便士买个水都没有，毫无疑问。乔治径直来到这里，至少他是这么说的，把东西搬到门口，放在门廊下。我想知道，它去哪了？"

布斯特先生直勾勾地盯着哈罗德，好像在等着他立刻承认偷了这捆货物。但哈罗德一时没有回答，似乎没有理由怀疑这个故事的真实性——无论如何，向乔治或布斯特先生的朋友老塞缪尔斯求证就能证实。这捆东西的消失很可能在某种程度上与出事那晚的谜案有关。

"听我说，布斯特先生，"他终于开口，"我可能是个十足的坏蛋，但至少到目前为止没试过偷东西。再说，如果我偷了这么大这么重的一捆东西，我都不知道去哪里处理它。既然如此，我对自己那晚的每一分钟负责，并且向你保证，我对此事毫不知情，可以吗？"

布斯特先生紧绷的眉头稍微放松下来，做出些许让步："我不是说你拿了，不过那晚发生了那么蹊跷的案子，我觉得你了解更多，只是没说出来。我怎么确定那捆东西的消失跟这些事有关呢？"

"布斯特先生，我只能肯定地说，没有人比我更想知道那晚发生了什么，"哈罗德回应完，又没好气地补一句，"你怎么不告诉警察呢？我敢说他们会很乐意帮助你的。"

"警察！"布斯特先生轻蔑地叫道，"我不想他们搞砸我的生意，我认为他们没有权力干涉自由人的事务。我会自己调查的，会的。"

"那样的话，我很高兴为你提供力所能及的帮助，"哈罗德答道，"我觉得如果能找出那捆货物的下落，就能了解到死在我床上那人的情况了。但那捆宝贵的包裹里究竟是什么？"

布斯特先生摇了摇头，说："不知道，老塞缪尔斯的外甥没有告诉乔治。他应该也不知道，老家伙做生意几乎独来独往。他觉得我打开就能知道了，这就足够了。"

"会是很值钱的东西吗？"哈罗德提出想法。

"如果值钱，老塞缪尔斯就不会让乔治放在门廊上，而且早给我写信要钱了。他可舍不得给任何贵的东西，这老头绝对不会。"

"那么要想知道包裹里的内容，唯一的办法就是问老塞缪尔斯本人，"哈罗德说，"你为什么不给他写封信问问呢？你不会现在都没想起来吧。"

布斯特先生摇摇头，答："不，我不想写信，那老头很可能不回复，要不就是回复了，再敲我一笔钱。我今天不能去找他，要等乔治把莱斯特那批货送到再去。"

哈罗德突然有了一个主意，还没来得及考虑后果，就脱口而出了："听着，布斯特先生，我和你一样对那包货的下落感兴趣，只是原因有点不同。那天晚上一定有人把它拿走了，而这个人很有可能是谜案的关键。你愿意的话，我可以替你去坎伯威尔拜访老塞缪尔斯。"

布斯特先生思考片刻，没有应答。"也没有什么不好吧，"他终于开口，有点不情愿，"如果你能从老头嘴里套出点什么来，那就还行，他像牡蛎一样密不透风。我有点相信你的话了，也许你我处境相同，都是那晚被耍的对象。可能那家伙偷了我的东西，但他费这么大劲爬到你屋里干什么呢？既然想的东西在外面，为什么又闯进来？他都死了，东西是怎么运走的呢？不，我不明白，不过应该不是你的错。好的，你去见见老塞缪尔斯吧。"

"谢谢，布斯特先生，我会去的，"哈罗德神态严肃地回答，"那老头究竟是什么样的人？"

"他是个老奸巨猾的家伙，"布斯特先生说，"总是低声嘟嘟囔囔，你根本听不清他在说什么，就是这样。单看那副模样，你会以为他身无分文，但我知道他在后屋的铁盒子里锁着几千几万。他不晓得我知道这件事，否则会杀了我。他是个你闻所未闻的老吝啬鬼，我只见过他穿一件衣服，松松垮垮的，里面还套着五六件破烂的马甲。你几乎看不见他的脸，他像只熊一样蓬乱，长长的头发，络腮胡子，看起来从来没梳过。除非告诉他你是从我这儿来的，不然他会对你咕哝咳嗽，叫你少管闲事。"

"我去挑战试试，"哈罗德笑着说，"明天下午我就去拜访这位老塞缪尔斯，或者说萨穆利。对了，地址是什么？"

"坎伯威尔印克曼街36号，"布斯特先生答，"维多利亚有轨电车能把你载到附近。那是巷子里的一家小店，与其他店铺没什么不同，只是他的橱窗里有更多东西，他有时做一些零售生意。"

"好的，我会找到的，"哈罗德说，"给他捎什么信吗？"

"不，他应该不想要我的关注，"布斯特先生不高兴地说，"你可能找不到他，他和我一样，有时到乡下采购，我那天还以为他在莱斯特呢。要是见到他，不要说我把东西弄丢了。"

"不会的，"哈罗德答道，"相信我吧，我只说我能帮忙。"

布斯特先生点点头，离开了房间。哈罗德记得和普里斯特利教授的约定，尽快打发了中间的小插曲，三点钟如约走进教授的书房。

破窗而入

"我们打个出租车去，"他们一出房子，教授就说，"我想用那晚你回河滨花园一模一样的方式过去。"

于是，普里斯特利教授和哈罗德在登记处下车，穿过小路来到布斯特先生的房子。路上遇见几个邻居，都饶有兴趣地打量着他们。这个案子在报纸上引起了相当大的关注，这块地方一时间变成了朝圣圣地。哈罗德回避着人们的注视和犀利的言辞，但教授似乎在全神贯注地观察着周围的环境。

教授看到布斯特先生的前花园后，开口说了第一句话。这的确是一幅凄惨的景象，到处是破碎的木箱、杂草、刨花和家具包装工用的编织席碎片，还有一件破烂的家具散落在一堆乱七八糟的东西中。

"你那个古董商貌似是个不修边幅的人，"教授评论道，"他住在商店外面的房间里吧？"

"是的，只要他在就住这儿，"哈罗德回答，"但他经常外出，去乡下参加销售活动。遗憾的是，出事那天他不在家，不然肯定看得见有人闯进来。"

"嗯，他现在在吗？"教授问。

"我觉得不在，先生，"哈罗德说，"看样子不可能回来。他是一个古怪的家伙，一个有自己党派信仰的人，这是他自己的说法。他来了又走，一句话也不说，但在这儿的时候，有时会拦住我聊天。"

"他不在时店怎么办？"教授问。

"一般商店都是人们过来买东西，但他的店铺不是，"哈罗德答，"更像一间仓库，偶尔有货车过来，要么带来很多东西，要么带走很多东西。我也不知道货车从哪里来或者到哪里去。"

"我想见见布斯特先生，"教授若有所思地说，"现在，我们没必要留在这里，你带路上楼去你的房间吧。"

哈罗德带他上楼，穿过客厅，他匆匆瞥了一眼，进了卧室。

"那晚出事后，东西有动过吗？"教授问，"床之类的东西，都在原处吗？"

"全在原处。"哈罗德答。

"很好，"教授说，"现在给我描述一下你是如何发现尸体的。"

哈罗德尽其所能地复述了一遍，讲完后，教授走到窗前，静静地站着眺望窗外。

外面的景色不是很令人愉快。窗台正下方，是一个倾斜的波纹铁皮屋顶，屋顶的尽头大约有六英尺高，直通一个铺有石块的庭院。这个院子比前花园还要凌乱，浸湿的杂草深及脚踝，到处散落着各种形状和大小的包装箱。一道五英尺高的砖墙围住庭院的三面，第四面就是房子的后面。在墙外离房子最远的一边，有一块荒地，大约有四分之一英亩大。再往前是一块属于酒吧的花园，有一扇门对着它。院子左边的墙外是一条运河，纤路在对岸，污浊的河水拍打着墙面。右边的墙外是河滨花园 14 号庭院，和 16 号的几乎一模一样。直视窗外，最引人注目的是一座丑陋又笨重的桥，大西路从桥上穿过运河，大约一百码远。

观察了很长时间之后，教授从窗口转过身来，喃喃地说："明白了，明白了，非常有趣，现在暂且抛开事实，我们来谈谈警察到达后的发现吧。

"我看来，他们的第一个发现是这扇窗户被撬开了，我留意到搭扣还松着，所以自那晚后它没有再被动过了吧？"

"完全没有，先生，"哈罗德回答，"一切都和案发当时一模一样。"

教授戴上眼镜，盯着搭扣，仿佛它是某个不定方程中的一项，两枚螺丝钉还松松地把它固定在窗框上。他一边心不在焉地把玩着，一边继续询问。

"很好，"他说，"警察在外面发现窗户如何被撬开的迹象了吗？"

哈罗德拉起窗户的下半部分，指着窗扇底部和窗框上的轻微划痕，说："你可以看到他为了把窗户从外面向上打开而插入轮胎杆的痕迹，在他口袋里找到的轮胎杆与这些印记完全吻合，杆子的一端还发现了窗框上的油漆碎片。"

"我认为，"教授说，"下一条线索是一对有迹可循的脚印，从那片荒地中间的运河岸边，一直延伸到庭院尽头的墙角。警察把尸体身上的靴子脱下来，发现和脚印完全吻合，而且迈步的长度与死者身材可以保持一致。"

"说得对，先生，"哈罗德见教授停下来，以为在寻求回答，便说，"汉斯莱特探长非常高兴——"

但教授挥手叫他安静，说："汉斯莱特探长对案件的来龙去脉自然是毫无疑问的，我觉得运河对岸有脚印，似乎表明死者是从大西路来到纤路上的。我们稍后走走看发现这些细节的地方。目前，我们应该掌握了警方手里的所有证据吧？"

"据我所知，是的。"哈罗德表示同意。

"那么很好，你知道我的方法的，发现证据进行确认，仅凭借实证构建假设。在发现尸体前十二个小时里，你认为这个人都做了什么？"

哈罗德犹豫了，对他来说这都是浪费时间。普里斯特利教授对实证的热爱和对逻辑推理的热情，必会和官方得到同样的结论，也是唯一可能的结论。无论如何，哈罗德别无选择。

"似乎很简单，"哈罗德答，"不过我承认，一个人选择闯入这个地方是很奇怪的，也许是想洗劫下面布斯特的店铺吧。"

"别管动机了，"教授厉声说，"告诉我你觉得那晚发生了什么。"

"嗯，我想这个人，不管他是谁，一定是想破门而入什么地方的。除非他彻底在雾中迷了路，把这座房子错认成了另一座，否则我们必须设定这就是他的目标，因为他的足迹一直指向这里。他有意带着工具强行进入，然后费尽各种心思，在寒冷的夜晚浸泡水中——他的踪迹和衣服的状态说明他是游过运河的——最后心脏衰竭，躺在床上死掉了。"

"在一个完全陌生的人的家里这样是非常不妥的。"教授冷冷地说。之后他的语气突然变了，从眼镜后面盯着哈罗德。

"如果需要我的帮助，孩子，你必须告诉我全部真相，"他平静地说，"你真的不认识这个人吗？难道没有一个类似的人会出于什么原因进入你的房间吗？"

"我向你保证，先生，我确实不知道他是谁，"哈罗德坦言，"天知道，自打出事以后，我一直在绞尽脑汁寻找那个家伙闯进我家的目的，他没有任何值钱的东西能拿走。"

"从证言来看，你没有丢失什么东西？"教授问。

"什么也没有，先生，警察让我检查了两三遍。"

教授冷笑起来，说："我很同情汉斯莱特探长，他很关注这个案子，由于裁决否定了谋杀或过失杀人的可能性，为了继续调查，他努力寻找入室盗窃的证据。我的孩子，我相信这个人对你来说是完全陌生的，这样的话，目前我们必须放弃动机的因素，从其他方向来解决谜案。"

"是的，先生，最简单的调查方法是通过死者身份，"哈罗德鼓起勇气说，"我们知道那晚他大概八点钟死在这里——"

"我们怎么知道的？"教授突然打断。

"法医说不可能再晚了，也不可能早很多，否则即使在雾蒙蒙的晚上，他游过运河穿过荒地的时候，也一定会被人看见。再晚也有人在外面的，真奇怪，他居然没被发现。"

"好吧，假设这个人在那晚八点钟死在房间里，然后呢？"

"呃，先生，他肯定是从哪里来的，肯定有朋友或熟人，但让我惊讶的是，自从案子公布于众，尸体就一直躺在太平间里，没有一个人出来指认。他已经失踪一星期了，总有一天人们会发现一个和他对得上号的人不见了，那时我们就得知他的身份，谜底就解开了。"

"有问题！"教授带着一丝微笑说，"我认为你的推理是不合乎逻辑的。你说确认了死者身份就能找到他死在你房间的原因，这可不一定。但你提到了一个很有趣的地方，就是失踪没有引起关注的问题，我也常常思考这一点。人类文明的结果中有一条：每个人都或多或少地与其他人有关联，不应该在别人不知道的情况下消失。如你所说，任何人从习惯的环境消失，都是奇怪的事情。而这个人消失了，尽管做了最广泛的宣传，有照片和细节刊登，仍没有人把发现和失踪相联系。尤其在这种情况下，涉及一个衣装体面口袋有钱的人，就更不可能了。"

"这正是我不明白的，先生，"哈罗德急切地说，"我觉得一定可以找到认识他的人。"

"怎么找呢？"教授迅速打断了他的话，"目前还没找到，你的努力有可能成功吗？看看现在的情况，都指向了一点：共谋。当你确认了死者身份，就能发现了解他失踪的人了。如果有人早在你之前就知道尸体在这里，我也不吃惊。不，孩子，要想解开谜底，就从身份问题的另一个方向去寻找。在我看来，首先要弄清楚尸体是怎么到达你发现它的位置的。"

"是的，先生，显然易见！"哈罗德喊道，"荒地里的足迹，毫无疑问是死者留下的。撬开的窗户——"

教授猛然从椅子上站起来，说："当然，当然！事实是不容置疑的，你需要做的就是看到的时候指认出来。现在趁天黑之前，我想看看运河另一边发现脚印的地方。"

两人离开房子，几分钟后站在了横跨运河的桥上。他们俯身在栏杆上，不断有车辆和行人从旁边经过，一艘载着木材的驳船由一匹睡眼惺忪的马拉着，懒洋洋地向东边漂去，在黑色河水里泛起油乎乎的涟漪。

从他们站的地方，河滨花园2号到16号的后面，在最后的日光下清晰可见。酒吧还没有开门，一群孩子在荒地的一头玩耍，另一头有个老人满怀希望地挖地，仿佛要变废为宝。很明显没人能完成在白天游过运河、爬上哈罗德家窗户而不引人注意的壮举。

"你看，这地方多公开呀，先生，"哈罗德说，"即使天黑以后，直到关门，酒吧的窗户都能照亮那片荒地。可是那家伙一定是在十点前闯进来的，不过是大雾遮挡了他的踪迹。"

教授没有作答，慢慢地走到桥的北端，停在纤道上方。在他的右边有一堵砖墙，一根电线杆靠在上面，距离桥大约十码远。电线杆底座埋在离墙最近的纤道侧边。

"杆子底下发现了他的脚印，"哈罗德自告奋勇地说，"发生了什么似乎很明显。从大路是没办法到纤道的，只能穿过那堵墙上一扇总是锁着的门。那人好像先试了试这扇门，外面碰巧有一堆沙子，汉斯莱特探长在上面发现了他的靴子印。然后因为打不开门，他一定回到了我们站的位置，等到周围没人，沿着墙头爬到电线杆那儿。这时他要做的就是冲下去——你看有一段路上面有托架——就到纤道了。随后游过去，在对岸上岸——荒地上的脚印从电线杆对面开始——剩下的就很容易了。"

教授点头，哈罗德鼓起勇气继续说下去。

"如果他等到十点以后，就可以省掉不少麻烦了。他本可以从桥的另一头爬到酒吧花园里去，在这么浓的雾中，不会有被发现的风险。我想不明白他为什么不这样做。"

但教授似乎没有留意他的话，紧皱眉头，盯着哈罗德房间的窗户，好像怀疑窗户犯了罪似的。突然，他从口袋里掏出手表，不耐烦地瞥了一眼。

"老天！"他大声说，"没想到这么晚了，今天下午非常有意思。"

他忽然把手放在哈罗德肩膀上，和蔼地说："别太把这件事放在心上，我的孩子，过一两天再来见我吧，我需要时间思考。在哪能打到车送我回家呀？"

贫民窟舅甥

第二天下午，哈罗德遵守对布斯特先生的承诺，出发拜访塞缪尔斯先生。在前往坎伯威尔的漫长旅途中，他有充足的时间思考。他的沮丧情绪还没有结束，他仍然感到被纠缠不休的未解之谜压得喘不过气来，无论如何挣扎，都无法摆脱。普里斯特利教授确实帮了他一把，但并没有取得显著的成功。他感觉自己遭到周围喧嚣城市的摒弃，没有朋友，鬼鬼祟祟，不敢看每一个扫视自己的人，生怕被认出，害怕听到沙哑的低语："瞧，朋友，这就是那个家里发现尸体的家伙！"

没有朋友，的确是。在纳克索斯，那些称他为"快乐魔鬼"的快活人们，大多数自己已经很冒险了，更不愿意和一个有嫌疑的人接触。

此外，警察对那个地方的突袭，更是对他的声望雪上加霜。他也不在乎，他们走掉好了。他所经历的打击使他下定决心以后要远离那群人，在他不那么严谨的逻辑思维里，发生在他身上的这件事似乎是对自己生活习惯的惩罚。要是他没有整夜外出、醉醺醺回家的习惯，可能——唉，该死！

走吧，都走吧，他才不在乎，然而奇怪的是，维尔一直没有出现。他最后一次见她是在案发之前的几天，他们约定照常在纳克索斯见面。自那以后，过去了十天，他再没有听到她的任何消息。为什么她没有如约而至？他依然困惑不解。至于她后来为什么不吭声，那就再清楚不过了。维尔作为妇女社会联盟的主要干事，生活体面，谨言慎行，绝不会做公开危害名誉的事情。她只是失去了一个朋友，仅此而已。维尔在他们之间发生了那么多事之后，仍然——

其他人，他能指望谁呢？有一两个认识的人，但不知道为什么，他们从他的生活中消失了，他连他们在哪儿都不知道，他也不想去给人家添麻烦。毕竟很少有人会欢迎他——曾为哗众取宠的媒体提供人所不齿的新闻稿的人。除此之外，只剩下普里斯特利教授和他的女儿，以及埃文·邓比。教授执而不化，要求哈罗德和阿普丽尔不再见面。至于邓比，上次来的时候没有受到热情的接待，也就没有进一步发展。不，是他没有料到邓比会来找他。

哈罗德拿自己和这个人做比较，年龄相仿，性格和成就却截然不同。据说他家境贫寒，出生在威尔士一个不知名的小村庄里。他来到城里碰碰运气，通过艰苦努力获得医学学位。在学习过程中，他引起了世界著名病理学家阿鲁尔·法弗沙姆爵士的注意，并被任命为首席助理。正如邓比自己谦虚的说法，这不是一份报酬特别丰厚的工作，但足以使生活宽裕，且提供了各种机会。与阿鲁尔爵士关系密切的年轻人不太可能缺乏机遇。

普里斯特利教授在阿鲁尔爵士家遇到这位前途无量的学者，对他非常感兴趣。可以想象，在教授逻辑严密的头脑中，已认定他是阿普丽尔理想的丈夫——既然哈罗德没有实现他早期的承诺。阿普丽尔这边也没有对这种想法表示反对，正如她自己所说，她受够了哈罗德及其行事。她谈不上震惊——这种态度对这一代女孩来说是不可能的，而是有底线，哈罗德已经明显越界了。此外，他似乎更喜欢以别人为伴，既然这样，就很难指望阿普丽尔再为他伤脑筋。另一方面，埃文长得很标致，又体贴入微，总愿意带她出去吃饭、跳舞、看演出。两人在回家的出租车上难舍难分的亲密举动，也从未令他举止有失得体。他们没有订婚，甚至连类似的提议都没有。但如果真的订了，周围所有人都不会吃惊。考虑到这种可能性，哈罗德感受到了比阿普丽尔对自己漠不关心的态度更强烈的刺痛，于是他期待着与维尔的纠缠。

他按照布斯特先生的指示，在维多利亚换乘了有轨电车，电车伴随着刺耳的铃声缓缓前行。最后，哈罗德从幻想中醒来，意识到自己已经到达坎伯威尔。他下了车，开始打听印克曼街的下落，费了好大劲才找到，因为这条街貌似离电车和公共汽车路线有一段距离。他从一条满是破烂房屋的长街转弯进去，看见拐角处有一家小酒吧，面前摊着一堆乱七八糟的纸和橘子皮。几个喧闹的孩子在马路上玩耍，一辆铁头卡车载着铁条开了过来，在不规则的柏油路上发出震耳欲聋的碰撞声。哈罗德等到声音消失，才转过街角继续向前。

一望而知，乐观的设计师将印克曼街设计成一个中产阶级的住宅区。虽然房屋可能是粗制滥造的，但曾经刷过美观的灰泥，也许会吸引那些勤勉认真的职员带着麻烦的大家庭入住。不过，如果这些房客曾在这样毫无特色的房子里住过的话，那他们现在应该都搬走了。街区辜负了当初的期望，大部分灰泥已经剥落，在肮脏的砖墙上留下丑陋的疤痕。房东们把房子出租给最贫穷的阶级，将租金收入囊中，留给粉刷的钱寥寥无几。印克曼街实际上是一个贫民窟，一个在艰难岁月衰败的地区，一时的兴盛标志只会凸显它的败落。

有些房子改成了商店，大部分卖糖果、烟草和稀奇古怪的画报。哈罗德注意到一个兼卖面包和牛奶的店，通过敞开的门可以看到一张显眼的告示，上面用大字写着"拒绝赊账，绝不客气"。在其中一所房子打开的门口，时不时站着一个邋遢的女人，尖声地喊阿尔弗和艾薇两个名字，威胁他们如果再犯莫名其妙的错误，就要受到前所未有的惩罚。

与此相比，河滨花园简直就是上流街区，但哈罗德对贫民窟毫不关心。他在污浊的人行道上慢慢走着，寻找 36 号。事实证明，它是这条街上最大的房子之一，特殊之处在于房门是关着的。窗户没有拉上窗帘，上面满是厚厚的污垢，不过透过它们可以勉强看到，房间里挤满了沉重的破家具和各种各样的垃圾，七颠八倒地堆在一起。哈罗德笑了，这个地方和布斯特先生的商店一模一样——当然更大，但装满了同样奇奇怪怪且明显不值钱的商品。

店门上方用黑体字印着艾萨克·塞缪尔斯的名字，但哈罗德都不用看一眼，就知道已经到了要找的地方，这堆垃圾的主人正是跟布斯特先生打交道的人。他走上几级台阶，试了试门，发现是锁着的。一个生锈的旧门环摇摇欲坠地挂在他的手边，他拉起来猛敲了几下，等待着。街上的嘈杂喧闹声无情地向他周围涌来，使他完全听不见里面的声音。他又更用力地敲了敲，一个没刮胡子、穿着衬衣的男人出现在对面一所房子的门口，用思索的眼神望着他。哈罗德第三次敲门的时候，那人从嘴里拿起烟斗，朝人行道上啐了一口，对着马路对面喊道："敲那扇门没用，先生。"

哈罗德停下来，看到那位告知者仍然盯着自己，便穿过马路，向他走去。

"塞缪尔斯先生不在家吗？"他问。

那人又啐了一口，琢磨半天，然后慢慢地回答："噢，他在家，但人家敲门，他是不应声的。如果你想从他那儿得到点什么，那可没办法。"

"那我不敲门怎么进去呢？"哈罗德求问。

"进不去。"那人斩钉截铁地回答。

"他一个朋友让我给他捎个口信，"哈罗德坚持说，意识到要想得到信息，必须先介绍自己的来头，"我进不去的话，怎么给他呢？"

"啊！这就是问题所在，"穿着衬衫的人说，接着他皱起眉头做思考状，"老塞缪尔斯是不会开门的，不管你怎么敲。他卧病在床，是不希望你打扰的。我自己也有一个多星期没见到他了，但能听到他的声音，咳嗽声和对小鬼伊西多尔的骂声。你最好写张便条从门缝塞进去，伊西多尔回家后会看到。"

哈罗德想了一会儿，询问道："我估计伊西多尔出去了吧？"

"当然，"那人回答，"他五点以后才回来。要是有人想找塞缪尔斯做买卖，就等到他开门的时候。现在清楚了吧。"

他们身后房子的一扇门开了，一个尖厉的声音在滔滔不绝地慷慨陈词。"那是我太太，"那人一边说，一边转过身去，"你最好等小鬼回来。"说完就消失了。

哈罗德打定主意，既然大老远过来，那就还是等"小鬼"来。毕竟根据布斯特先生的描述，正是这个年轻人把那捆货物交给了乔治，所以他很有可能知道货物的内容。此外，哈罗德正好不用和塞缪尔斯先生打照面，他求之不得，这位老祖宗很有可能让他走人，少管闲事。

他看了看表，已经四点多了，据说这位"小鬼"五点以后才回家，因此他有一个小时左右的时间。他走到印克曼街的尽头，发现这里通向一条类似的次干路。在这个角落里也有一家类似的酒吧，好像是附近唯——家生意兴隆的店铺。在这个区域貌似没有什么东西能使等待的时间活跃起来。

经过短暂的查看，哈罗德发现一条与印克曼街平行且几近相同的大道，名叫巴拉克拉瓦街。印克曼街的偶数号房屋与巴拉克拉瓦街的奇数号房屋是背对背的，它们之间只有狭窄的后院，由一堵矮墙隔开。但是沿着巴拉克拉瓦街走，哈罗德注意到一个例外，35 号和 37 号中间有一条窄小的通道，不足四英尺宽，从两边房屋的高墙间穿过。哈罗德停下来朝里看了看，大概想知道它是否通向印克曼街，如果是的话，为什么没有看到另一头。不过，他发现这个通道明显是条死胡同，两头都有门，或许通向两所房子的后院，但无法断定是对着印克曼街还是巴拉克拉瓦街。

天很快就黑了，开始下起了细雨。一个点灯人沿着巴拉克拉瓦街走过来，点燃了黄色的煤气灯。他在哈罗德对面停下，把一根长棍插进身旁的灯里，继续赶路。哈罗德猛地哆嗦了一下。这是一个惹人厌的地方，什么事情都可能发生。昏暗的街道突然显得阴森诡异，好像里面藏着什么邪恶的身影。路灯只能照亮几英尺远，再远处是漆黑一团、阴冷险恶的。哈罗德又瞥了一眼，然后松了口气，接着往前走。快五点了。

他还没走几步，就有一个人裹着厚大衣和围巾从他面前快步走过。哈罗德反正有大把的时间可以打发，强烈的好奇心让他扭头又看了一眼。那人有点与众不同，衣着和步态都与肮脏的巴拉克拉瓦街格格不入。他仿佛不是个有血有肉的人，而是很久以前那些体面职员的鬼魂，重新拜访过往的生活。就在哈罗德转身继续走路时，那人忽然潜入黑暗的小道。

此刻他的精神幻象似乎完整了，想着自己的想法和解释，哈罗德笑了出来。那条通道看上去闹鬼，被鬼魂选来作为栖地是很自然的。事实上，这个可怜的鬼魂的房间一定在这排破烂房子的后面，它宁可从后门进去，也不愿穿过刚才那些敞开的门里面脏兮兮的走廊。毫无疑问，这个地方发生了许多类似的悲剧，令人焦虑不安。大约十分钟后，他从巴拉克拉瓦街溜达回印克曼街，就要再敲一次 36 号的门。如果"小鬼"在家，那再好不过了。如果不在家，他就不管了，直接打道回府。

碰巧的是，他很幸运，走到时店门是开着的。他走上台阶，在门槛上顿了一会儿，之后抓住门把手。门向里打开了，铰链发出巨大的咯吱声，哈罗德立刻听到房子里面有奇怪的咳嗽声和喘息声。塞缪尔斯先生肯定是得了某种哮喘或支气管炎，哈罗德倒是希望病情可以严重到整个探视期间他都是卧床状态。

前门打开是一个狭小的走廊，走廊外还有第二扇门，通向他认出的前店。在杂乱的垃圾堆里，总算腾出了足够的空间，可以从门口走到一个布满污垢的柜台，这个地方几乎被一堆乱七八糟的东西遮住了，柜台后面还有一条通道通往第二扇门。凭借里面传出来的声音，哈罗德猜测从这条路可以到病人住的后屋。塞缪尔斯先生貌似和什么人发生了争执，应该是他外甥。哈罗德能听见他在一阵阵咳嗽间隙嘟哝着，偶尔还有一种近乎假声的尖利声音，显然在为自己辩解。他敲了敲柜台，等待着。

商店里很暗，一道光从那扇通向后屋微微打开的门中射进来。最后一缕夕阳，在屋外路灯的映照下，透过未拉窗帘的窗户，洒在屋里脏乱的家具上。很明显，人工照明不是塞缪尔斯先生的奢侈享受之一，哈罗德突然意识到，这种节约也许在某种程度上是出于对客人的考虑。他从布斯特先生那里了解过，古董生意很可能只是掩盖更险恶交易的障眼法。哈罗德开始怀疑，他担当布斯特先生和塞缪尔斯先生（又或者萨穆利先生）的中间人，是否会涉足危险领域。

与此同时，后屋里的争论还在继续，哈罗德又在柜台上更大声地敲了一下。后面传来一声嘶哑的咆哮和一阵咳嗽，然后就安静了。门突然开了，哈罗德瞅到了不整洁的房间，门又在一个年轻人身后关上了，他的脸在黑暗中难以辨认。

年轻人小心翼翼地走到柜台后面，凝视着自己的客人，用哈罗德刚才听到的假声嗓音询问道："你需要什么？"

"我来帮布斯特先生问一些事情，"哈罗德开始说，"他让我来见塞缪尔斯先生——"

年轻人悄悄地靠在柜台上，哈罗德看见他长长的黑发垂在脸的两边，就像典型的加利西亚犹太人。

"他在床上，"他低声说，"哈，哈，哈！躺在床上，脾气那么坏，我简直不敢走近。嘘，他在听呢！"

年轻人往后退了几步，笔直地站了一会儿，仿佛在等着后面房间里传来威胁的声音。但沉默依旧，年轻人再次转向哈罗德。

"在他面前不敢多说话，"他解释道，"你想知道什么？"

"据我所知，几天前，确切地说是上星期一，塞缪尔斯先生给布斯特先生送了一捆货物，"哈罗德回答，"他要我搞清楚里面是什么。"

"噢，我的天！他还没收到吗？"年轻人惊慌地叫道，"要是舅舅听到了，会生气的。我把包裹包好，交给车夫了。'你确保马上送到布斯特先生店里去，'我说，'如果他不在，就放到门廊下，没有关系。'我的天啊，他竟然没有收到！"

"我想他会收到的，"哈罗德回答说，没有忘记布斯特先生再三强调不要让塞缪尔斯知道包裹丢失的事情，"你看，他出门了，让我弄明白里面是什么东西，因为他没有收到塞缪尔斯先生的消息，不太清楚里面是什么。"

"你为老布斯特干活吗？"年轻人低语道。

哈罗德点了点头，毕竟在某种意义上，确实是。

"那就好，"年轻人答，"我告诉你，是一些舅舅认为他会处理的东西。其中有一个没有活动部件的古董时钟，还有六个青铜雕像，它们很重。雕像放在盒子里，所有东西都用席子包起来。他是指的这捆东西吗？"

"就是这个，"哈罗德说，这符合乔治的描述，"非常感谢，我会告知布斯特先生的。"

他正转身要离开商店，又犹豫了一下，说道："我觉得你没必要跟塞缪尔斯先生提这件事。"

年轻人咯咯笑了起来，回答："不用担心，我不会告诉他的。"

当哈罗德离开店铺时，又一次听到从里屋传来的咒骂声，怒火冲天。

阿普丽尔

哈罗德返回河滨花园，下定决心再也不为布斯特先生捎信给他的朋友了。塞缪尔斯家的人，那个令人望而却步的哮喘老人，光听声音就足以证实布斯特先生的负面描述，还有那不太聪明的外甥，都打消了他在这个方向进一步尝试的念头。

布斯特先生听到他反复强调此想法时，甚是高兴，说道："印克曼街对你来说太乱了，对吗？年轻人，等到无产阶级专政到来的时候，你就会很高兴在一个比那里更糟糕的地方捡到面包皮了。我们要让你们这些资产阶级尝尝工人们现在所受的苦，我们会的，你等着瞧吧！"

布斯特先生停顿片刻，沉浸在他从未停止幻想的那个黄金时代里。

"不过，也许到时候你也能发挥点作用，"他继续用一种更和善的语气说，仿佛从一个本已绝望的人身上看到了一线希望，"真幸运，你见到的是年轻的伊西多尔，而不是那个老家伙，他一定会把你打发走的。古董时钟，是吗？我觉得千真万确。老塞缪尔斯知道我会在里面安装新部件，并以高价卖给各个地区的资本家。还有雕像？多半是的，也可以装作好东西卖给他们。"

"但究竟谁会偷这样的东西呢？"哈罗德问，他对包裹本身更感兴趣，而非里面的内容。

布斯特先生耸了耸肩，答道："大概有人想害我吧，这个世界上不都是好人，差得远着呢。很多人都知道我有时会隐瞒一些值钱的东西，他们打开这些物件的时候会被迷住。"布斯特先生打趣地笑起来。

哈罗德走了，依然坚信古董钟的失踪和他卧室里的死人之间一定有某种联系，这样两件不寻常的事不可能在同一个晚上完全不相干地发生。他花了一个晚上的时间，绞尽脑汁寻找两者之间的关系，最后决定把整件事告诉普里斯特利教授。

为了这个想法，他第二天下午三点钟来到韦斯特本排屋，在书房找到了德高望重的数学家。他受到了相当热情的接待，但同时也遭到一种几乎觉察不到的严厉审视。听到教授的第一个问题，他并不感到吃惊。

"喂，我的孩子，上次见面以后，你都在干什么？"

"我一直想弄清楚事情的真相，先生，"哈罗德回答，"自从出事以后，我就再也没见过以前一起打发时间的人了。"

教授赞赏地点点头，说："我很高兴，我可以理解为你立志将来要过一种更有意义的生活吗？"

"可以的，先生，"哈罗德满怀希望地答，"要是我能摆脱这个可恶的嫌疑就好了——"

"你可不能让这事给你造成太大负担，"教授打断说，"你的朋友，包括我在内，都深信你和那晚的不幸事件没有任何关系。我一直在考虑这个案子，从我所确定的证据中展开逻辑推理，得出了一些结论。我不打算在现阶段重复这些结论，以免让你对任何特定的想法产生偏见。现在说说，你还有什么可以告知我的信息吗？"

"呃，我不知道，先生，"哈罗德不确定地说，"这可能是巧合，也可能不是，但那天晚上在河滨花园 16 号发生了一起很蹊跷的盗窃。"

"盗窃！"教授厉声喝问，"偷了什么？把你知道的详情告诉我。"

哈罗德讲述了他和布斯特先生的谈话，以及布斯特先生货物丢失的烦恼。讲完后，教授坐着沉默了几分钟，然后开始讲话，似乎更多的是对着想象中的学生听众，而非哈罗德。

"我们这里有一宗所谓的盗窃案，在确认为事实之前，需要仔细

59

审查。我们首先要证实所声称失踪物品的存在，在本案中是一捆货物，据称具有一定的大小、形状和重量。你可以注意到，根据本人描述，这个包裹的收件人从未见过它，警察也没有在案发后的清晨发现它。到目前为止，唯一能直接证明它存在的是一个叫乔治的人，他可能从未送过包裹。同样，这个证据只由包裹的指定收件人报告，他可能出于某种目的编造了整个故事。

"不过，假设这捆货物真实存在，也确实在那晚某个时候送达并放在 16 号的门廊里，我们来查究它的下落。如果没有运输工具，这种大小和形状的包裹很难搬动很远，而这种运输工具必须预先确定一块供以搬运的地点。另一方面，一个壮汉可以把它滚过前花园，举过墙，扔到运河里去。第三种可能是，包裹本身根本没有搬走，而是现场拆开，把里面的东西零碎地移走。能明白吗？"

"能，先生，"哈罗德回答，"我承认我从未考虑过这些可能性。从包裹的内容来看，我认为最后一条是最有可能的。"

"啊，你查过内容了？"教授问，"太好了，尽可能详细地告诉我你是怎么查的。"

"我去见了寄包裹给布斯特先生的人，叫塞缪尔斯。"哈罗德有些得意地说。

"非常有趣，"教授评论道，"把你碰面的情况一五一十地讲给我听。"

"呃，确切地说我没有见到他，先生，"哈罗德答，"但听到了他的声音，还和他的外甥谈了谈，外甥说他包裹了货物，交给车夫乔治，这证实了乔治对布斯特先生说的话。这个外甥名叫伊西多尔·塞缪尔斯，他告诉我包裹里装着一个古董时钟和一些青铜雕像。布斯特先生认为塞缪尔斯先生确实寄了这么一批货，而里面的东西大小和形状与乔治的描述相符。"

教授又沉思了一会儿才回应："除非假设伊西多尔·塞缪尔斯和车夫乔治串通一气，但这种情况不符合概率论的规则，因此暂时可以断定包裹真实存在。我说的是暂时，因为我们没有证实布斯特和伊西多尔·塞缪尔斯的说法，甚至不知道是否真有车夫乔治这个人。这一点你自己可以弄清楚。然而，在我们进一步讨论之前，我想听你详述拜访塞缪尔斯店铺的全过程，不要遗漏任何细节，哪怕极其不相关的。"

哈罗德非常乐意地答应了，他原以为教授会把包裹认作毫无关系的事而撇在一边。他首先叙述了布斯特先生如何描述塞缪尔斯商店的地址和店主的特征。教授聚精会神地听着，在哈罗德开始讲旅程之前，打住了他。

"这是一张伦敦地图，"他说，"到我桌前来，用铅笔尽量准确地画出你的路线。是的，那是你下电车的地方，印克曼街一定在这个方向，啊，在这儿。但这张地图太小了，不能再画了。"

他打开抽屉，拿出一叠纸，继续说："这是一些方形纸，给我画一个粗略的地图，尽可能按比例来，解释一下你到了印克曼街角以后的行动。"

哈罗德继续讲下去，用铅笔指了指 36 号的位置，以及和衬衫男聊天站的门口，之后漫步到的巴拉克拉瓦街，还有那个甚至让他产生迷信恐惧的窄小入口。教授拿起这幅简陋的地图，饶有兴趣地看着。

"这么看来，巴拉克拉瓦街的狭窄通道与印克曼街上塞缪尔斯商店的后部差不多相通，"教授评论说，"是偶然，还是你当时注意到的？"

"没有，我发誓，没有，先生，"哈罗德惊讶地说，"不过现在我想起来了，确实是这样。天啊，你这么一说，真是怪事一桩。我刚离开通道，就看见一个人走进来。我特别留意到他，是一个仪表堂堂的人，给我的印象是，他觉得在这种地方被遇到很难为情。"

教授点头，说："很好，继续讲。"

哈罗德描述了他回到印克曼街走进店里的情景、店里的样子，以及偶然听到的塞缪尔斯和外甥的争吵。教授时不时打断，让他补充一些最微小的细节，最后问道："你有理由把走进通道的那个男人和伊西多尔·塞缪尔斯联系起来吗？如果你画的都对，那商店可能有一扇后门通向这个通道，伊西多尔回来的时候也许从这个门进来。"

"噢，天啊，不，先生，"哈罗德笑着回答，"两个人完全不是同一个类型。当然，由于太暗了，我没看清他们的脸。伊西多尔是——呃，这个在坎伯威尔开旧货商店，名叫萨穆利的人，你能指望他的外甥什么呢。另一个家伙能吸引我的注意，正是因为他根本不一样。他给人的感觉是——嗯，那种在自己的圈子里会碰到的人。"

"啊！好吧，告诉我伊西多尔离开后屋走进商店之后发生了什么。"

哈罗德讲完了当晚的活动，没有再被打断。教授仔细地聆听，听完后抬头看了一眼时钟。

"我看快四点半了，"他说，"我们到客厅里去，看看阿普丽尔有没有给我们沏茶。"

哈罗德面部通红，结结巴巴地说："我——呃——我觉得阿普丽尔不想——"

"胡说，胡说！"教授插嘴说，"阿普丽尔见到你会很高兴的，她和我一样认为你是清白的。我告诉她你已经放弃了之前的生活方式，她也同意我的看法。来吧，我的孩子。"

教授带路来到二楼，打开一间屋子的门，哈罗德对这间屋子记忆犹新。阿普丽尔独自一人，看到他们进来，从椅子上跳了起来。

她是一个非常漂亮的女孩，高高的个子，举止优雅，有金色的头发和一双蓝色的眼睛，似乎充满了生活的乐趣。当她穿过房间朝他走过来时，哈罗德才第一次意识到，他是多么愚蠢地浪费了他自己的机会。

他该怎么弥补失去她的损失呢？

但是她没有给他时间去想这种凄惨的处境，叫道："嗨，哈罗德，老朋友，很高兴爸爸把你带来。玛丽说你在这儿，我就叫她别让别人进来。过来坐在沙发上，跟我说说你现在怎么样了。"

哈罗德立即妥协了，教授以一种不被察觉的机智，借口眼镜落在楼下跑掉了。

阿普丽尔突然严肃起来，握住哈罗德的手，直视着他。

"你就像个混蛋，"她说，"别再那样了，让我们和以前一样重新做朋友。我和父亲都清楚，你和死在你房间的那个可怜人一点关系也没有，只是有点倒霉，事情就此为止了。现在，像往常一样时时过来找我，可以发誓吗？"

这个熟悉的词，他们小时候经常用来确定彼此的承诺，让哈罗德嘴角露出一丝苦笑。

"发誓！"他顺从地重复道，"可是，阿普丽尔，不可能像以前一样了，我一直是个混蛋，比你想象的更糟糕——"

"我不信！"阿普丽尔愉快地说，"我比别人更了解你的为人。爸爸回来了，喝茶吧。"

吃东西时，哈罗德清楚地意识到，普里斯特利教授和阿普丽尔都在竭尽全力让他感到，他们已经忘记他多年来的堕落生活，都将他再次视为家里交情最久的朋友。他一向认为自己是个被社会遗弃的人，现在至少得到了人们的同情和理解。出于感激，他决定想尽一切办法为自己洗脱罪名，在信任他的人面前证明清白。但是——没有任何进展了，过去及其阴影，不可能轻而易举地消失。维尔——维尔在背地里什么地方等着，带着对他的无形要求，等着把他从这个宁静的房间里拖回来——

钟敲了五下，这时门开了，玛丽进来宣布："邓比先生。"

一个年轻人走进来，和教授握了握手。他穿着考究，胡子刮得干干净净，相貌堂堂，眼睛里带着风趣，使学者气息柔和了不少。

"嗨，埃文！"阿普丽尔大声说，"你来这里干什么？我以为你每晚都和阿鲁尔爵士一起工作呢！"

"猫不在，老鼠就玩耍，"邓比答道，"我的老板大人今晚要为一个学术社团读文章，所以我赶过来告诉你我有几张周六演出的票。我不能停留太久。"

他转向哈罗德，伸出手。"我很高兴再次见到你，梅里菲尔德，"他热情地说，然后压低声音，"我一直在找机会向你表示，我对这件事感到非常遗憾，要知道我完全不相信别人说的那堆鬼话。"

哈罗德语无伦次地说了几句感谢的话，教授又打断了他。

"坐下，邓比，"他说，"你至少可以给我们几分钟，法弗沙姆也不是个不让你有空闲的苛刻监工。前几天晚上我和哈罗德在他的住所讨论了那个不寻常的案子，我们很乐意听听你的看法。"

邓比带着歉意笑了，回答道："请允许我这么说，先生，我认为这事不值得多加考虑。当然我能想象哈罗德的感受，为他感到无比难过，可是毕竟这件事实际上已经过去了。我承认我们不知道那家伙是谁，但这只是一个经过正式认证的自然死亡案例——"

"自然死亡！"教授不耐烦地插话，"在你们学医的人看来，似乎是自然死亡，但在研究精密科学的人看来，并不是那么回事。一个人死在完全陌生的人的床上，这绝不自然，的确是一个相当不妥和不寻常的事件。"

教授停歇片刻，貌似在等待听众们的否认，然而没有人敢这样做，他就继续说下去。

"我们这个案子非同寻常。在大多数类似的案件中，我们遇到的要么是失踪案，要么是一具至少可以辨认的尸体。而到目前为止，这具尸体还没有确认身份，也没有相对应的失踪报案。因此我们无法解释的，不是这位未知死者的死因，而是为什么他的尸体躺在哈罗德的床上。我们需要找到原因，并且用证据确认，但现在如何做到，我还没有头绪。"

"针对理论问题，我承认是很有趣的，先生，"邓比斗胆说，"可是作为实际事件，我仍然相信没人会再提及了。"

他边说边从椅子上站起来，继续道："我必须得赶回去了。'说真的，邓比先生，我们手头上有这么多研究要做，你居然不在，我太吃惊了！我发现当今年轻人很喜欢把享乐置于事业之上——'"

他惟妙惟肖地模仿阿鲁尔·法弗沙姆爵士的声音和言谈举止，把教授都逗笑了。

"再加一句，如今的年轻人似乎缺乏对长辈的尊重，"他说，"好吧，我们就不留你了，见到法弗沙姆时，代我向他问好。"

邓比走了。过了一会儿，哈罗德答应过几天或有情况再过来之后，也离开了。在返回河滨花园的路上，他想到了自己弄丢的姑娘，悔恨得无法自拔。

维尔的密友

哈罗德到达河滨花园时天色已黑，周围昏暗到他都没有注意到死胡同口等着的身影，直到只有几步远。这时很显然，避开她已经来不及了。

她跑到他跟前，一只手放在他的胳膊上，用低沉但不难听的声音叫道："哈罗德！我以为你再也不回来了！你上哪儿去了？"

他停了一会儿，不知所措，犹豫不决。阿普丽尔对他的影响很大，他刚刚下定决心抛开过去的生活，改头换面，过一种更有颜面的日子，而这种决心依然在酝酿中，经不起诱惑。她看到他在迟疑，便紧紧贴住。

"你不生气吗？"她恳求道，"我知道有很长时间没有见你了，但是——噢，我没法解释，说来话长。我已经在这里等了很久了。"

哈罗德决定了，他无法回避这次见面，无法在大街上说他必须说的话。他不由自主地挽住她的手臂，说："来吧，维尔，老朋友。"姑娘高兴地跟他走了。

他们到达哈罗德住所之前，谁也没说一句话。他忙着点灯的时候，她一下子坐在椅子上。随着火苗越烧越旺，你会发现她皮肤黝黑，也许并不算漂亮，但有一双能引发别人好奇的眼睛，你会忍不住再看一眼，竭力想要摸索它们的魅力，这双眼睛里散发出一种邀请，一种对你天生感性一面的吸引，尽管根据你的经验，这可能暗示着危险。另外，她穿着朴素，甚至有点过于简朴。你会有这种印象，这位维尔·唐纳森，密友口中的维尔，已经向全世界散播了魔力。

"我从办公室直接来的，"她示意哈罗德过来坐在她的椅子把手上，说道，"亲爱的，我非来不可，就是要告诉你，我对这桩倒霉事感到多么抱歉。我以为你会给我写信，但并没有，我等不下去了。"

"我还以为你忘了我呢，"哈罗德慢慢地回答，想找个突破口告诉她，他们的亲密关系必须终止，"那天晚上我在纳克索斯等你，可你没有出现——"

"我知道，亲爱的哈罗德，"她插嘴说，"这就是我要对你说的其中一件事。"她停下来，房间里沉默了好长一会儿，只有远处运河桥上车辆的轰隆声打破了沉寂。

"我早就告诉过你——除了你，我还有另外一个男人。"她突然又开口了。

哈罗德点点头，她从一开始就暗示过她不是一个完全的自由人，背后还站着一个人，这个人对她的生活投下了某种阴影。倒不是说他俩从未提过结婚的问题，而是两人都避免提及，好像心照不宣似的。

"他知道我过去常来这里。"说完，她看到哈罗德脸上关切的表情，开心地笑了起来。

"噢，没关系，反正不关他的事。我没有跟他说过，不过——好吧，我不妨告诉你。他以前有时来看我，从我这儿要几个先令。要知道，我曾经关心过他，一有余钱就给。有一天他一定是跟踪我了——我当时穿戴好了准备和你出去，并不想见他——他看见我进了纳克索斯俱乐部。他应该是在外面等着，因为我再见到他时，他说看见我离开俱乐部，和你一起上了出租车。他设法弄清楚你的身份和住处。"

"他究竟是怎么做到的？"哈罗德惊诧地叫道。

维尔耸了耸肩，漫不经心地回答："噢，我不知道，他像狐狸一样狡猾，不过其实也不难。也许是纳克索斯的一个服务员，他们知道所有成员的情况。不管怎么说，他大约两周前来找过我，看上去很神气。我以为他又来要钱，但他不要，说知道怎么赚比我给的更多的钱。然后他又向我提了要求。"

"什么要求？"哈罗德见她面露难色，问道。

"哎呀，就是他说不会再麻烦我了，要留给我一番清静。他已经找到了别人，最好继续干下去，好好利用机会。"

"不得不说，他真会体贴人。"哈罗德说，语气中充满讽刺。

"是的，但有条件，"维尔答，"要我和你约个晚上在纳克索斯见面，并且爽约，自那之后我们十天不见面。之后我就自由了，想怎么见你就怎么见。一开始我不同意，可他威胁我要大吵大闹。他知道我在妇女社会联盟工作，发誓要去那里闹一番。他和我一样清楚，如果他们知道了任何关于他，或者你，或者纳克索斯的事，我就会丢了工作，所以最后我同意了。后来，我在爽约的第二天看到报纸，差点疯掉。我多想过来帮你，但已经发誓不去见你了。我试图找到他，取消交易，但怎么也找不到。我想——"

哈罗德从椅子把手上弹起来，站到她面前。

"你本要见我的那天晚上！"他大喊，"就是那天晚上——"

"是的，我知道，"维尔懊悔地说，"现在你能想象我有多害怕了吧，我觉得一定有某种联系。我去看了你发现的那具尸体——我编造了舅舅失踪的故事，警察让我进去了——是个彻头彻尾的陌生人。那就与他无关了。"

"胡说八道！"哈罗德生气地说，"这个家伙，不管他是谁，就在我发现一个人死在我床上的同天晚上，让你把我支走，这绝不可能是巧合。听着，维尔，我从来没有问过你任何问题，但现在要问了。你得告诉我这家伙是谁，我迫切地想和他谈谈。"

维尔伸出一只手，放在他的手臂上，说："别傻了，亲爱的，现在大惊小怪有什么用？整件事都过去了。无论这个人是谁，都是自然死亡，没有任何迹象表明是你谋杀了他。再说你难道看不出，只有隐瞒了我的——我的朋友的名字，我才能自由吗？假如你去质问了他，他会好好收拾我们，让我们吃不了兜着走的。"

维尔说话的语气，隐约暗示他最好充分享受她的新自由，让哈罗德异常恼火。

"恐怕没办法，"他答道，"我对这种事情恶心透顶了，现在只想解开这地狱般的谜题。一旦做到了，我打算以后正正经经做人。"

维尔笑了，严厉而嘲弄地说："正正经经做人！'快乐魔鬼'都正经了！他们会笑出来的，不是吗？"

她猛地坐回到椅子上，含情脉脉地望着他，接着说："不过看起来没有什么能阻止你沉溺于自己的新爱好。你甚至可以娶我。"

"娶你！"他激烈地反驳，"不可能，我不打算继续和你交往了，把对我那晚行动有莫名兴趣的家伙的名字告诉我，然后我们就说再见。"

维尔的眼睛因愤怒而变得黯淡，但她动都不动，只是笑，这次笑得更柔和一点。

"哦！"她慢吞吞地说，"原来这就是你的鬼把戏，对吗？得到你想要的，之后把我像土豆一样扔出去！我天真的好朋友，你真以为我会这么不声不响地同意你的小计划吗？"

"我不清楚你到底能做什么，"哈罗德回答，"如果你对我有要求，我可以付你现金。你愿意的话，我可以用情人的名义支付。"

维尔从椅子上跳起来面对他，火冒三丈，带着怒气低声说："谢谢你，现在我晓得该怎么做了，我想你会为今晚的行为后悔一辈子的，我的朋友。"

她转过身，朝门走去，哈罗德从房间那头冲了过去，背对着门，喊道："休想出去，休想，除非你告诉我那人的名字。"

维尔向前倾着身子，恶狠狠地瞪着他，显露出她本性里真正的堕落。哈罗德从没见过她这样；她似乎是邪恶的化身，令人深恶痛绝、毛骨悚然。他情不自禁地躲避，就怕被她碰到，仿佛碰一下，就会遭到不可挽回的玷污。

"让我走！"她咆哮道，"马上打开门，不然我喊到邻居都出来，让他们听听你的好故事，我可警告你。经历过那晚的事后，你应该很喜欢这样的场面吧。那种指控更能让你所谓正经做人了，是不是？放我走，你这个该死的傻瓜！救命！"

她那尖锐刺耳的哭喊声，在哈罗德脑海里回荡，响到好像整个城市都听到了。刹那间，他想象着阿普丽尔、普里斯特利教授、埃文·邓比，以及他剩下的所有朋友，都因这新的耻辱而躲着他。他被打败了，被战胜了，猛地把门打开。维尔从他身边走过，没有说一句话，也没有看他一眼。他踌躇不决地站了好几秒钟，听着她走下楼梯，穿过前门，沿着河滨花园逐渐消失。然后他"砰"的一声关上门，坐回到椅子上，头埋在双手里，绝望至极。

过了好长时间，他才能够有条理地思考，最后才完全意识到自己是多么愚蠢。在一场恶言恶语的争执中，他失去了理智，把自己降级到维尔的水平，最终彻底惨败。一想到维尔几乎掌握着谜案的关键线索，他就几近发狂，深受折磨。线索本来在他的掌握之中，却由于自己的莽撞和愚蠢，让它溜走了！

他的第一个冲动是一跃而起，跟着维尔到她的房间，说服她说出那位神秘朋友，或者情人的身份。但转念一想，又觉得这样做不但没用，反而更糟。以维尔目前的情绪看来，唯一能使她满意的就是彻底屈服，而这比他想的要复杂得多。他曾经喜欢过她，有时甚至怀疑是否爱情影响了他的激情。现在他明白了，吸引他的只有激情，他们之间没有进一步的可能性，想起来都可怕。假如她真的自由了，从他既不知道也不在乎的肮脏束缚中解脱出来，他自己就被牵制住了——被一股无形力量牵制住了。不，他必须让维尔带着她的邪恶认知和离别威胁走自己的路。通过她是没有得救的希望的。

由此一来，哈罗德大发脾气后，情绪相当高涨。阿普丽尔的样子仍然萦绕在心头，尽管他感觉既然自己肆意抛弃了这段感情，要想回去是无望的。除此之外，还有埃文·邓比，正是这种会轻而易举吸引她的人：聪明才智、前途似锦、天赋异禀。噢，是的，他们真是天造地设的一对。以一个小细节为例，阿普丽尔是一个狂热的舞台爱好者，这种热爱在她经常会去的业余戏剧表演中得到了体现。她的样貌、声音、身材等一切都能够融入她悉心学习的任何角色。他知道邓比也同样着迷，他是一个真正能干的演员，赢得了资深评论家的热烈褒奖。他们俩有很多共同之处。哈罗德在脑海中搜寻一个自己在阿普丽尔眼中发光的优点，写作吗？她承认阿斯帕西娅很有趣，但阿斯帕西娅是维尔，不是阿普丽尔。

他的遐想被楼梯上沉重的脚步和雷鸣般的敲门声打断了，这么重的声音想必是房东。他打开门，布斯特先生不拘礼节地走进来。

"我再也没听到那捆包裹的消息了，"他突然开口，"我开始觉得整件事里一定有什么猫腻。我的意思是，有太多我不知道的东西。"

哈罗德没有回答，布斯特先生吸了一口烟斗，透过周围一片烟雾，他的眼睛发出暗暗的光。

"老萨穆利总有一天会玩腻，"他继续说，"我相信他的病就是瞎扯，他只是不愿意走出自己的房间。"

"怎么，他做了什么？"哈罗德饶有兴趣地问。

"做了什么？什么也没做吧，他没有胆量，"布斯特先生回答，"不过最近同志们的一些秘密被传出去了，该死的资产阶级和他们的警察掌握了一两个，令人尴尬不已。有人泄露了秘密，如果是那个老猪头干的，我一点也不奇怪。我真想去跟他谈谈，不管他生不生病。"

"告诉他你那捆东西丢了？"哈罗德故意提议道。

"讨厌的包裹！"布斯特答道，"我这个周末得出去一趟，星期一晚上去坎伯威尔，跟塞缪尔斯和他那个可恶的外甥聊一聊。我要给他们一个教训，记住我的话。"

哈罗德突然有了一个主意，包裹的失踪一直困扰着他，现在也许有机会获取更多信息。

"如果可以的话，我也去。"他平静地说。

布斯特先生惊讶地看着他，缓慢地说："好吧，也没什么不能的，我也想知道那天晚上你说的是不是实话，但我谈话的时候你要在外面等着。"

"噢，我无论如何都不会打扰你的，"哈罗德轻轻地回答，"我可以拖住伊西多尔，你去跟那老头算账。"

布斯特先生"哼"了一声，把烟斗敲到壁炉里，然后蓦然离开。

哈罗德又一次沉浸在自己的思绪和憧憬中。

"帕丁顿谜案"

周六平安无事地度过。虽然哈罗德非常喜欢韦斯特本排屋的氛围，但他没有合理的借口，不敢去见教授。再说了，周末埃文·邓比可能不用工作，尽管自己无望，他还是不想看到阿普丽尔和邓比在一起。

有那么一刻，他在想是否应该把维尔和她掌握的奇怪线索告诉教授，但他打心底抵触这个想法。只要一提到维尔，他就要坦白一些事情，可他不想，因为这只会使他在教授眼中低人一等，不会带来任何好处。倘若要追查这条线索，就必须由他自己来干。他独自一人，必须找到在那个致命夜晚希望他不在家的人。他整日郁郁寡欢地在伦敦四处游荡，看到每一个眼神都流露出指责，每一个过路人都可能不相信他的

78

清白。

克莱普顿太太星期天休息，除了烧水之类的时间，哈罗德照常享受一番清净。在这个特别的周日早晨，经过一个噩梦缠身的夜晚，他睡到很晚。这时，一阵持续不断的敲门声把他震醒，他拖着疲惫的身躯站起来，打开门让布斯特先生进来。房东脸色严肃，手里拿着厚厚的几页《每周纪事》。

"听着，"他粗声粗气地说，"你不介意的话，我想知道这是什么意思。"

哈罗德从他手里接过报纸，呆呆地看着。《每周纪事》的巨大发行量归功于其对犯罪、暴力和弱点的生动而耸人听闻的报道和博人眼球的标题。布斯特先生打开给他看的页面标题是《夏普先生的神秘失踪》，下面是一段加粗的段落："《每周纪事》很荣幸邀请到一位知名作家。他常用'W.'的笔名来隐藏身份，潜心研究犯罪。在接下来的故事中，W.针对经常困扰当局的未解谜案提出了一种解释。《每周纪事》的读者可了解，尽管W.的推理纯属虚构，却是基于事实、认真研究的结果。义中提及的名字和地点均为虚构，望周知。"

哈罗德毫无兴趣地读着，不耐烦地问："这与我有什么关系？我对耸人听闻的犯罪故事没有那么感兴趣吧。"

"不感兴趣？"布斯特先生回答道，"我可不敢肯定，你读读这个就知道了。"

布斯特先生的态度让哈罗德感觉背后一凉，他带着一种不祥的好奇心再次转向报纸。

W. 的故事虽然注明是虚构的，但实际上依照作者的想象，再现了"帕丁顿谜案"。故事主角是一个风流成性的年轻人，和修车厂职员的女儿有了关系。女孩被这无情的骗子抛弃后，走上街头谋生。在此之前，从她不小心透露的信息中，心碎的父亲得知了负心汉的姓名和地址。由于无法取得联系，他别无他法，决定趁其不在之时，设法进入他的房间，等他回来当面对质。要做到这一点，这位父亲必须游过一条河，撬开一扇窗。他成功完成了这一壮举，但脆弱的体质承受不住此番折腾，倒在了敌人的床上。

故事的主人公是个年轻人，具有一般侦探小说中的思维能力。即便没有实际犯罪发生，却已经造成了严重的不公。从这个假设出发，他寻求不明身份的男子进入负心汉房间的原因，经过一系列巧合，接触到对父亲去世并不知情的女孩。故事结局是女孩最终与伤害她的人在一起了。在业余侦探无懈可击的推理面前，男子后悔莫及，郑重地向女孩求婚，女孩感动接受。

整个故事经过精心的撰写，旨在激发《每周纪事》读者的情绪，但事情远不止于此。里面所提及的事件毫无疑问是非常明显的，几乎没有人不抱有这样的想法：小说为帕丁顿谜案提供了异常合理的推测。布斯特先生的看法是显而易见的。

他一直等到哈罗德读完，两人四目相对时，他大笑起来，声音刺耳。

"你是个不错的小伙子，对吧？"他说，"我亲眼看见那个姑娘来过，真的，你也给自己惹了不少麻烦。你打算怎么办？"

"你到底什么意思？"哈罗德生气地回答，"你不会以为这些垃圾都是真的吧？我告诉你，我全然不认识那个死在这里的人。"

布斯特先生吸了口烟，完全不相信，生硬地问道："你以前带过来的女孩怎么了？"

"我不知道，我才不在乎！"哈罗德气急败坏地答。

"啊！"布斯特先生意味深长地瞥了一眼堆叠在地上凌乱的报纸，说，"你不知道，嗯？也许她有个父亲，有吗？"

哈罗德从来没有想过维尔的出身问题，重复道："父亲？我要是知道就好了。我从来没有问过她。"

"这样的话，即使他来了，死在那张床上，你也全然不认识他！"布斯特先生得意扬扬地说，"在我看来，你似乎需要证明那故事不是真的。"

"我告诉你，都是胡说八道！"哈罗德怒火中烧，但布斯特先生举起手来打断他。

"不管怎么说，再也找不到更合理的解释了，"他说，"噢，我无所谓这是真的假的，不关我的事，资产阶级多一个少一个也不要紧。假如是真的，我也不会感到遗憾，不妨告诉你，我怀疑你对那捆失踪的包裹有所隐瞒。"

布斯特噔噔地走出房间，"砰"的一声关上门。面对这一新发展，哈罗德呆住了。谁能写出这么可怕的诽谤（因为事实就这样）呢？把整件事情再拖出来，并给他打上恶名的烙印，这对谁有好处呢？把女孩引入案子是一个全新的因素。会不会是知道他和维尔亲密关系的人写的？他冥思苦想，在纳克索斯俱乐部的熟人中，谁会提出这样的想法。或许没有人。对于维尔的存在，他总是小心翼翼地瞒着那些可敬的朋友们。

有一瞬间，他在想谜案这样的解释是否真的正确，维尔是否确实有个父亲，如果有的话，这个人是否是来反对他们的亲密关系的。但是，不，这不可能。维尔见过尸体，亲口说死者完全是个陌生人。这是在他们吵架之前，当时她没理由隐瞒真相。不，故事是捏造的，却变成了加在他身上的一个新负担。他意识到，阿普丽尔和教授一定看到了这份令人作呕的诽谤读物——《每周纪事》，即使这报纸没有在韦斯特本排屋楼上流传，也会被玛丽藏在幽静的食品室里读得津津有味。就算她忍住不把消息告诉别人，这可恶的小报发行量那么大，总会有共同认识的人注意到。倘若如此，他怎么在隐瞒维尔这个人的同时，洗清自己的罪名呢？

他又绝望地把报纸捡了起来，试图从中找出明显的漏洞，以此作为反抗的依据。他读得越多，越觉得其中的深文周纳之妙。推理的过程在逻辑上是毫不留情的——就像是教授本人写的。主人公几乎是用教授的原话来描述那人的失踪，教授对医学意义上和逻辑意义上"自然死亡"所做的区分也在文章中被反复加以阐述。故事中的侦探思考一个像死者那样的人为什么会强行进入反派的房间，并最终找到了答案。他的推理如此巧言令色又严丝合缝，难以不让人信服，除非哈罗德亲自拿出证据来证明故事是假的。唯一可能的证据就是维尔，但在他最想寻求辩护的人眼中，她的出现会成为诅咒，让他永远翻不了身。而维尔——维尔已经让他知道了她在暴怒中准备采取的措施。她最后说的话简直就是威胁。万一她作伪证，确认故事就是真的呢？

他整个上午都在思考这个问题，一直到下午。突然，他下定了决心，丝毫没有多加斟酌，就匆匆离开河滨花园，前往韦斯特本排屋。他把仅有的希望寄托在教授身上；他会把事情原原本本地告诉教授，不管最终决定是什么，他都会听从。他一边走，一边迷迷糊糊地幻想，如果在帝国的什么地方，能埋葬一段过去，将他与出生地从此隔绝，那该多好呀。

周日下午安静得令人生畏，笼罩着贝斯沃特的大街小巷，中间隐约弥漫着烤肉香味。一个圆眼睛的女仆听闻他的铃声，从遥远的深处走来，打开了房门。玛丽无疑是去了某个亲戚家里度过休息日。哈罗德被带到教授的书房，在那里独自待了度日如年的五分钟，产生了一种想要猛然逃离这片神圣领域的冲动。

最后，教授轻快地走了进来，不屑于让人知道他星期天午饭后有时会小睡片刻。

"啊，我的孩子，很高兴见到你，"他和蔼可亲地说，"碰巧今天我是一个人。早上埃文来了，带着阿普丽尔参加他们俩似乎都很感兴趣的娱乐活动。请坐，请坐。有什么要跟我说的吗？"

哈罗德的心一沉。从这种热烈的欢迎来看，教授显然还没有在《每周纪事》上看到那篇倒霉的报道。他该怎么开始可怕的忏悔呢？

"谢谢你，先生，"他纠结地开始道，突然从口袋里抓出那份讨厌的报纸，挑衅般地递过来，脱口而出，"这小报上有一页我认为你应该读读，先生。"

令他吃惊的是，教授笑了，并没有去拿递过来的报纸。

"很好，我的孩子，"他温和地说，"我比以往任何时候都更确信你的忏悔是真诚的，我能想象你带来这份报纸花了多少勇气。其实我已经一字一句阅读过了，埃文早上过来的时候带来了一份。"

"那么你不相信？"哈罗德急切地大声问。

教授把指尖凑在一起，目不转睛地盯着天花板。

"叙述中提出的推测，虽然是编造的，但相当可信，"他意在言外地说，"不过其中有些方面让我对它的正确性产生了怀疑。听听你的看法吧，兴许对我有帮助。"

哈罗德把目光移开，喃喃地说："糟糕的是确实有个姑娘。我应该早点告诉你的，先生，可是直到几天前我才知道她跟这件事有点关系。"

教授踌躇片刻，终于和蔼地回答，语气更像是父亲，而不是教授："我亲爱的孩子，是有个姑娘，很久以前我就猜到了，纳克索斯俱乐部的事曝光以后，我的想法更加坚定了。不过与此同时，我确信她与在你房间发现的死者没有什么关系。当然，除非——她有多高？"

哈罗德被这个突如其来的问题吓了一跳，重复道："多高，先生？怎么了，我也不知道，比我矮不了多少。对一个女孩来说很高了——苗条；很难形容她。"

"那肯定，"教授回答，"两个人对同一个人的描述不可能完全一致；这是这类案件的首要难题之一。我得亲自去见她。孩子，尽可能简要描述一下你俩的关系，尤其在我们调查的案件发生之前和之后两个时间段。"

哈罗德用直截了当的语言坦白了他和维尔的亲密关系，包括在纳克索斯俱乐部的约会和她造访河滨花园的事。他解释说，出事那晚，他在纳克索斯俱乐部等她，然而一直没有见到，直到两天前的晚上，发现她在河滨花园的尽头等着他。他尽量把他们在房间里的谈话重复了一遍，最后以她临走时的威胁结束。教授全神贯注地听着，像往常一样，不时插进一个问题。哈罗德讲完后，他陷入沉思，坐了很长时间。

"你跟这个姑娘断绝关系必然是正确的，"他终于开口，"可不走运的是，在她说出那晚把你支开的那人身份之前，你和她吵了一架。我想你没有理由怀疑她故事的真实性吧？"

"完全没有，先生，尽管我没有办法证实。"哈罗德回答。

"是的，"教授表示同意，停了一会儿，忽然询问，"你的窗户搭扣修好了吗？"

"怎么？没有，先生，还没有，"哈罗德答，"你不会以为有其他人闯进来了吧？"

"先别碰它，"教授说，没有理睬他焦虑的提问，"我的孩子，我不要求你再去找维尔·唐纳森小姐了，既然已经分手，就最好分得彻底，必要的时候我会亲自与她见面。其间，不要担心《每周纪事》上看似合理的推测，我向你保证里面有一个漏洞，足以摧毁整个论点。"

"是什么，先生？"哈罗德迫切地问。

教授立刻采用说教的口吻，说："推理在得到无可争议的实证检验之前，都是毫无价值的。到时候我会向你解释那天晚上发生的事情，而且有坚不可摧的证据。在那之前，你必须相信我。"

"好的，先生，"哈罗德说，"就知道我可以放心把事情交给你处理。那么我能做些什么吗？"

"待在原地等着就行，"教授关切地说，"我明白不作为是最困难的要求，但是请相信我，在这个关键时刻非常必要。顺便问一下，维尔小姐经常来你住处的时候，是怎么进来的？"

"起初是我给她开门，"哈罗德说，"后来以防我出去的时候她过来，就给了她一把钥匙，但她很快就弄丢了。"

"知道了。"教授答。哈罗德猜到谈话接近尾声，担心阿普丽尔和埃文随时会回来，于是起身告辞。

他离开后，教授又静坐许久，沉思默想。接着他从桌子上拿起哈罗德留下的那份《每周纪事》，聚精会神地又把故事从头到尾读了一遍。"我不明白！"他嘟囔着，厌恶地把它扔掉了，"不，不可能！我必须得有证据，更多证据！"

他带着一副异乎寻常的严肃表情，转身离开了房间。

突发大火

第二天遵照约定，布斯特先生在下午五点钟左右叫上哈罗德，一起出发前往坎伯威尔。布斯特先生沉默寡言、心事重重，面对哈罗德的问候只用嘀咕或单音节词回应。哈罗德自己觉得这种态度更好，在塞缪尔斯的店铺讲大实话是个好兆头，他特别想听到实话。这几位主要人物越生气，他就越有可能了解神秘包裹的真实情况。到目前为止，他已经得出结论，塞缪尔斯先生和他的外甥伊西多尔太狡猾了，他一个人对付不了。

他们下电车时天色已黑，薄雾般的细雨更加深了黑暗。当他们开始朝印克曼街艰难行走时，一辆消防车疾驰而过，伴随着一阵旋风般的亮光和叮当的铃声。来往的车辆仿佛红海的海水，纷纷开到一边让道，随后又涌回来，继续那沉闷而喧闹的行驶之路。在他们前面的某个地方，一束跳动的辉光照亮了一片哭泣的天空。

"火离得不远，"布斯特先生说，"这样更好，大多数人都跑去看了。我可不想让人看见我在这儿浪费时间。"

"好像是的，"哈罗德同意，"看样子离印克曼街不远。"

人们从他们身旁跑过，互相大喊大叫。一场大火明显被视作一种免费的娱乐。两手边可以看到小店主匆忙地关上百叶窗，急匆匆地跟在人群后。潮湿的风向他们吹来，裹挟着一股难闻刺鼻的烧焦味。

布斯特先生和哈罗德不知不觉地加快了脚步，这就是从众心理作祟。在人群的拥挤下，他们到达了印克曼街的尽头。走到时，熊熊大火向他们扑来。在狭窄的街道中间，警察排成了警戒线，黑影映着一片光海，挡住了一群沸腾的观光客。后面停着几辆消防车，闪亮的黄铜反射着凶猛的火焰，它们不停地向一所房子喷水，而愤怒的火舌已经伸出来舔着屋顶了。

布斯特先生大声咒骂，抓住哈罗德的胳膊，喊道："那是塞缪尔斯的地盘在着火！是同志们来报复他了！该死的白痴！他会大笑不止的，我敢打赌他给自己投的保险价值是那房子的四倍。我就纳闷他上哪去了！"

"天啊，"哈罗德回答，"万一他还躺在后屋的床上呢？恐怕现在尸体也所剩无几了！"

布斯特先生没好气地轻蔑一笑，说："老塞缪尔斯会那样困在里面吗？别担心，他比狐狸还狡猾。来吧！我们靠近一点看个究竟。"

他投入战斗，在哈罗德的有力协助下，两人在一片激烈的反对声中穿过重重队伍，向警戒线冲去。就在他们快要到达目的地的时候，布斯特先生突然转身，哈罗德跟在后面，挤着向一个穿着破旧大衣的小个子男人走去。那个人正踮着脚试图保持平衡，想看一看这壮观的场面，却徒劳无果。

布斯特先生把一只手重重地搭在他的肩膀上，小个子男人吃了一惊，似乎心里有鬼的样子，猛然转身，抬头注视着布斯特先生的脸。

"噢，是你呀，同志？"他大声说，显然是松了一口气，"你这样过来，真是吓了我一跳。你来这边办事的吗？"

"别管我来干什么，鲍勃，"布斯特先生回应，"你就是我要见的人，我想知道这是怎么回事。别说谎，我想听实话。"

鲍勃立刻侃侃而谈，断言说："你清楚的，同志，我不骗你，我确实不知道发生了什么，真的，迪克。就在一小时前，老房子突然着火了，我看见老头离开了这里，后来他的小鬼也哭喊着冲出来……"

他猛地注意到布斯特先生身边哈罗德一副饶有兴致的面孔，便很快停了下来。

"这是谁？"他嘶哑地低声说，"你不应该和别人一起来，兴许有人偷听呢。"

"哎呀，得了吧，"布斯特先生紧紧抓住他的胳膊，不耐烦地回答，"这家伙没关系，他跟着我来的。好了，鲍勃，快点。"

就这样，在布斯特先生手臂强有力的推动下，鲍勃从人群中慢慢地走到离火灾较远的人行道上，也相对远离了那些观光客。一到地方，他就满腹牢骚地转向布斯特先生。

"噢，天啊！同志，你要弄死我了，"他呻吟道，"你怎么就不能放过我呢？你那大拳头差点把我的胳膊给扭断了。"

"别说了，鲍勃，"布斯特先生插话道，"那老头和伊西多尔是怎么回事？他们在哪儿？我急需和他们谈谈。"

"伊西多尔跑不掉，"鲍勃坏笑着说，"我一直盯着他。但老头跑了，真是个老谋深算的魔鬼，等着被质问可不是他的风格。噢，这个狡猾的老混蛋。"

"跑了？"布斯特先生说，"究竟上哪去了？跑了是什么意思？"

"好，我告诉你，行了吧？"鲍勃哀怨地回答，"我看见他走了，还听见他吩咐车夫到滑铁卢车站去。"

"什么车夫？什么时候走的？"布斯特先生问道。

"呃，来接他的车夫，"鲍勃回答，"大概三点钟吧，我正站在家门口，这时来了一辆四轮马车，停在老头的店铺前。

"'哦！'我想，'是一位顾客！'我就找点乐子，老头不给任何人开门，他病了两三个星期了，门从来没开过，除非小鬼回家。车夫从车厢里爬下来，敲敲门。我心想，敲吧，伙计，你敲到指关节酸痛也没用。但事情不是这样。车夫还没敲几下，门就开了，老头一瘸一拐地走了出来，全身裹得严严实实，喘着气，咳嗽着，就像你以前听过无数次的那样，甚至更严重。他看上去就要倒下，我以为他永远上不去车子了。然而车夫伸出手臂，不知怎么回事他就上去了。他咳嗽了几声，又嘟囔了几句，最后终于吼了出来：'滑铁卢车站，赶快。'马车驶走了，这是我最后一次见到他。"

"去乡下度假了吧，"布斯特先生嘲讽地说，"可是伊西多尔呢？我想他还没回来吧？"

"不知道，"鲍勃回答，"我当时没有看见他。他不可能在家，因为老头出来时把门锁了，还把钥匙放在口袋里。我全看在眼里，后来他就冲出来——"

"是啊，是啊，可后来呢？"布斯特先生插入道。

"呃，住在马路那头的比尔·沃特斯走过来对我说：'老头看起来不太神气，是不是？'他也看见他走了，我们都搞不清楚。后来我回到自己家，躺下睡觉，接着听到街上到处是叫喊声，人们疯了似的奔跑。于是我走出来，看见一群人围着老头的店铺，盯着橱窗。果然，到处都冒着烟，我猜到发生了什么事，以及老头为什么跑了。我想里面有很多垃圾，烧了也无妨。刹那间商店的窗户被掀起来，小鬼从里面滚了出来，除了一件衬衫和一双袜子什么也没穿。你信不信，那个老杀人狂魔把他丢在里面等着烧死！"

鲍勃停下来，对自己叙述的戏剧性高潮感到满意，但布斯特先生完全不为所动。

"哎呀，继续说，"他毫无耐心地喊道，"那伊西多尔怎么样了？"

"你知道他一直有点软弱，"鲍勃回答，"火似乎让他感到温暖惬意。他摊开手脚躺在马路上，一副令人作呕的样子，他喊着：'救命！救命！着火啦！'好像谁也看不出着火了似的。大家都不知道该怎么办，所以我抓住他，说：'喂，跟我来，小伙子，你真不害臊，旁边都是女士。'就这样，我把他拉起来，带到我的住处。他有点虚弱的样子，我把他扔在床上，就在那里，你要去看看吗？"

布斯特先生点点头，说："这是你做得最对的事，鲍勃。好的，我们去跟他说两句。"

布斯特先生说到做到，又让自己粗壮的手肘发挥作用，从人群中挤出一条道，一直走到远离火场的印克曼街尽头，停在一所破旧的房子门口，哈罗德和鲍勃紧随其后。他们跟着鲍勃走上两段摇摇晃晃的台阶，在一扇关着的门前停住脚。

"他在里面，"鲍勃用沙哑的声音低语道，"绝对没错。"

"好，我们看看能不能让他清醒点儿。"布斯特先生严肃地回答，他把手放在门上，猛地打开。

房间里没有灯，但外面的火苗发出闪烁的红光，照亮了室内。里面有几件歪歪扭扭的家具，几张旧铁床，床上凌乱地放着一些污迹斑斑且褪了色的毯子。不过没有任何人类居住着的迹象。

鲍勃环视房间，大惊失色，呼喊道："坏了，他跑了！"

"跑了？你到底什么意思？"布斯特先生气急败坏，"听着，鲍勃，别跟我耍花招，你清楚没用的。"

"帮帮忙，我说的都是实话，同志，"鲍勃哀怨地坚持道，"我把他留在这儿，然后跑去看消防车，直到遇上你。"

布斯特先生用威胁的目光盯着他。尽管这个人身上到处都透着"口是心非"四个字，但他的语气里却有一种显而易见的真诚。

"如果他只穿着衬衫和袜子，那不可能走远，"布斯特先生果断地说，"大概还没出房子。"

他转向哈罗德："走吧，我们去找找那个年轻人。"

他们刚下几级楼梯，就被鲍勃痛苦的嚎叫拦住了。

"又怎么了？"布斯特先生叫着和哈罗德冲回房间，发现鲍勃正在跳一段精彩的战舞，同时挥舞着双拳。

"他跑了，我告诉过你他跑了！"他一看见布斯特先生就大叫，"这个狡猾的逃兵！他拿走了我挂在那把椅子上的吉姆的节日套装。该死，吉姆回家时我该怎么交代，他肯定会揍我一顿。噢，天啊，噢，天啊！"

布斯特先生恼羞成怒地骂起来，然后强忍住怒火，耸了耸肩转向哈罗德。

"你我还是回家吧，"他说，"我们被戏弄了个遍。那个小流氓一定是在鲍勃一转身就穿好衣服，溜进人群里去了。这简直是大海捞针！走吧！"

他和哈罗德转身离去，没有理会鲍勃丢了东西后的鬼哭狼嚎。

"唉，吉姆的节日套装呢？"他大发脾气。

"见鬼的吉姆节日套装！"布斯特先生说，"你就不该把小伊西多尔一个人留在这儿！怎么不锁门呢？"

发完这句牢骚，他们就告辞，回到街上。

大火还在熊熊燃烧，塞缪尔斯的店铺注定要完蛋了。由于堆着干木材，火势已经完全失去控制，从地窖到阁楼都是一片火海。消防员正在竭尽全力阻止大火蔓延，只有一根水管仍在往灾区中间注水，里面升腾起一座蒸汽塔，被下面的火焰染成血红色。

"真纳闷他在搞什么鬼？"布斯特先生和哈罗德从人群中挤出来，布斯特先生沉思了一会儿，继续道，"在我看来，他好像和伊西多尔串通好了。他出来，让大家都看见，后来伊西多尔也出来——隔壁街道有个后门，大家都不知道，他很可能是从后门溜进去的。一切准备就绪，伊西多尔划一根火柴，周遭火势变大时，他就从窗户滚出去。"

"看起来就是这样，"哈罗德同意，"可他为什么只穿着衬衫？"

布斯特先生咯咯地笑了，答道："奸诈的小恶魔！他肯定一直在观察，看到外面有认识的人。他们除了收留他，还能有什么办法？即使他们什么也不给他穿，他也一定能找到衣服。而且到时候只会剩他一人，因为别人都跑出去看火了。再也没有比在人群中溜掉而不被认出来更容易的事了。"

"不知道他上哪去了？"哈罗德疑惑道。

"我想是去找老头了，"布斯特先生回答，"塞缪尔斯会把现金箱带进马车，即使保险公司不赔钱，他们也很快活。他们会设法掩盖行踪的，老塞缪尔斯一定猜到，现在该是他离开同志们的时候了。我敢说，他选择了一种相当巧妙的方式来做这件事。"

这时，他们已经离开了印克曼街的尽头。就在转过街角时，一辆出租车开了过来。为了避开人群，车子放慢了速度，一个女人跳了出来，把一张纸币塞进司机手里，开始向火场跑去。

哈罗德盯了她好一会儿才继续向前走去。女人一看见他就惊叫一声停下来，火光清楚地照亮了她的脸，是维尔。

冤家路窄

维尔和哈罗德呆若木鸡，面面相觑，不知该说什么好。他们彼此都不明白对方在这儿干什么，为什么印克曼街的火光之灾把他们从伦敦召唤至此见面。维尔率先恢复了冷静。

"哈罗德！"她惊叫，"你偏偏来这里做什么？"

哈罗德稍做犹豫，心想自己究竟在做什么？他本来是沿着一条难以捉摸的线索的微弱痕迹出发，但现在似乎永远丢掉了。他立马笑了。

"噢，我是来看那个家伙的，他的店铺正在提供欢快的篝火，"他回答说，"这位是我的朋友，碰巧也是我的房东——"

他转过身要介绍维尔和布斯特先生认识，可布斯特先生早已不见踪影，就像一个谨小慎微的同伴，一见女孩就知道她和哈罗德关系不一般，知趣地悄悄溜走了。

维尔猛地转身，没看见一个人，便好奇地转回来，问道："是谁？"

"噢，是布斯特先生，"哈罗德答，"我住在他的店铺，你知道的。他和老塞缪尔斯有点事要谈，我也没有别的事可做，就跟他一起过来了。"

一提到塞缪尔斯的名字，维尔脸上又浮现出焦虑的神色。她突然伸手抓住哈罗德的胳膊，喘着气说："塞缪尔斯？你跟他有什么关系？是他的房子着火了吗？他们在街头告诉我的，但我不亲眼看到是不会相信的，我得走了——"

她突然松开哈罗德的手臂，朝那堵水泄不通的人墙走去。但哈罗德抓住她的手腕，不让她走。

"没用的，维尔，你不能靠近那个地方，"他安慰地说，"我们和大火之间隔着半个坎伯威尔的人口，更不用说还有大量警察和消防员。再说了，这关你什么事？"

"关我什么事？"她瞥了他一眼，"关我大事了。不管怎样，这事对我肯定比对你重要，放我走。"

他耸了耸肩，顺从地放开了她。他已经见识过她的造势本领，可不想成为仅次于大火的注目焦点。维尔从他身边走开，拼命在密密麻麻的人海中间挤了几步，终于泄气地停住了，他们对她的恳求全然不理睬。

哈罗德跟在后面，经过一番挣扎，终于凑得足够近，在她耳边低语。

"别这样了，"他劝慰道，"你最好还是出来吧，你感兴趣的话，我可以给你讲事情的全部经过。"

她感激地转过身来，回应道："哈罗德，亲爱的，我好担心，你不明白——"她突然露出恐惧的神色，"除非——除非你已经发现了——"

"我什么也没发现，"哈罗德赶紧安抚，"我还求之不得呢。不过，听着，我们可以去别的地方谈，你先离开这群乌合之众吧。"

离开火灾现场容易得多，维尔和哈罗德很快就出了印克曼街头。哈罗德记起，在去电车的路上看到过一家脏兮兮的茶馆。于是他默默地领着维尔来到这个差劲的避风港，直到他们坐在一张苍蝇满天飞的大理石桌前，维尔才开口。

"谢谢你，亲爱的哈罗德，"她直接说，"我很抱歉那天晚上对你发脾气，我太担心太紧张了，你不会明白的。把你所了解的有关塞缪尔斯和他外甥的事告诉我吧。"

哈罗德吃惊地看了她一眼。关于这两人，她到底知道些什么？她乘出租车火急火燎地赶到坎伯威尔，是不是跟他们有关？如果谜案的幕后操纵者打得一手好牌的话，兴许现在能从中获取重要信息。

维尔心神专注地听着哈罗德讲述下午发生的故事，也正是鲍勃滔滔不绝讲过的那些。她没有发表任何评论，但当哈罗德开始阐述布斯特先生关于老头和外甥的推测时，她疯狂摇头。

　　"不会！"她大声说，"他们彼此相互憎恨，绝不会这样做。不，更有可能是老塞缪尔斯给小伊西多尔设下陷阱。我不太明白，但他俩都很狡猾。"

　　"彼此憎恨，是吗？"哈罗德沉思道，"我上次见到小伊西多尔，他似乎很害怕舅舅——"

　　"你见过他！"维尔倒抽一口气，"什么时候，为什么你会觉得他害怕老塞缪尔斯？"

　　"噢，我还是把事情原原本本告诉你吧，"哈罗德说，"大约一周前，我替布斯特先生来跟塞缪尔斯交涉。"

　　维尔听了哈罗德拜访塞缪尔斯店铺的故事。听完后，她沉默地坐着，手里玩弄着茶匙。

　　"我完全搞不懂，"她终于开口，"你都已经知道这么多了，还不如全知道算了。听着，我告诉你，老塞缪尔斯是个犹太人，没有人确切地知道他来自哪里，或者有关他的任何事情。我听说他几年前从布达佩斯来，可并不确定。自从来到伦敦，他就卷入种种怪事，而且差不多可以确定，他通过各种方式赚了不少钱。他应该是个无政府主义者之类的，但据说会为了赚钱不择手段。"

哈罗德点点头，目前与布斯特先生对塞缪尔斯先生的描述相符。"他看起来人怎么样？"他问。

维尔不寒而栗，大声说："噢，一个面目狰狞的老头！全身毛发蓬乱，肮脏不堪，总是裹在一堆脏旧的衣服里。他拄着一根粗棍子走来走去，一直咳嗽喘息，非常恶心，当他生病的时候情况更糟糕。他刚到英国时，有个妹妹跟着，我坚信她常遭虐待。后来妹妹跟一个基督徒私奔了，几个月后又被抛弃。这个可怜的女人一定是喝了点酒，回到塞缪尔斯那里，威胁说如果不能和她和平相处，就捅出他的秘密。塞缪尔斯妥协了，没多久她的孩子出生了，就是伊西多尔。"

"这样呀，"哈罗德答，"那他母亲怎么样了？"

"她死了，"维尔说，"我想这是老塞缪尔斯干的吧，从男孩出生那一刻起，他就心怀强烈的怨恨。当然除了需要喂养他外，还有其他原因。塞缪尔斯虽然是个声名狼藉的老无赖，却总是宣称对自己的宗教信仰非常虔诚。他并不对妹妹的背弃感到困扰，但从未停止嘲笑和唠叨她是基督徒小孩的妈妈。不幸的是这个可怜的小孩出生时，左肩上碰巧有个十字架形状的胎记。

"他的母亲自然对此只字不提，并且为了安抚哥哥，答应把孩子当作犹太人抚养。不过有一天，塞缪尔斯偶然看见了这个胎记，大发雷霆。他说这是对妹妹罪孽的惩罚，说孩子是个替罪羊，生来就带着绞刑架的记号。我不知道还有什么别的，反正悲惨的女人不久之后就死了，老头立刻打发了孩子，他给别人几英镑，让对方把孩子带走，并且告诉对方，他不想再看到这个孩子。伊西多尔就是这样开启人生的。"

她停下来。哈罗德尽管对这个古怪的故事很感兴趣，却温和地提示："接下来发生了什么？"他问，"两个人又是怎么走到一起的？"

"收到钱并带走外甥的那个女人又把他交给一个巡回演员，并最终和小外甥失去联系。然后像其他人一样，她和塞缪尔斯发生了争执，她想找个办法报复他，就想起了伊西多尔。她设法找到他，把他的出身以及舅舅是谁全都说了出来。那时他已经是个十八岁上下的小伙子了，只要愿意，整治老头还是绰绰有余的。"

"明白了，"哈罗德插嘴，"从此以后，他就一直靠老头生活，难怪他俩彼此憎恨。"

然而维尔摇了摇头，回答："不，事情没有那么简单，伊西多尔绝不是在陌生人面前装出来的那个傻瓜。他曾在流浪时受过一定程度的教育，而且野心勃勃。他打听到了舅舅的身家，从一开始就下定决心要把钱弄到手。他去见舅舅，告诉他愿意晚上帮忙干活，自己白天有工作之类的话。老塞缪尔斯不清楚他究竟知道多少，但猜想他足以让自己不好过，于是被迫同意了。"

哈罗德笑了，说："我想他是要老头见鬼去吧，可小伊西多尔做的是什么工作？"

维尔摇摇头，答："我不知道，这之后不久我第一次见到他。噢，别惊慌，我不会给你讲这个误入歧途的女孩早年的悲惨经历的，我在离这里不远的地方为一个酒鬼父亲料理家务，你知道这些就足够了。

"我不是唯一一个被小伊西多尔迷住的姑娘，但他更喜欢我。我不否认他帮过我，正是通过他，我学会了速记和打字，因此找到了一份工作，也就是我现在的工作。这都是他鬼把戏的一部分。"

哈罗德突然恍然大悟，激动地说："那么，啊——老天，伊西多尔就是那个人——"

"当然是，"维尔回答，"不然你觉得我是怎么知道这一切的？我跑来这里做什么？我以为晚上能找到他，就来到这里告诉他我已经跟你断绝关系了，他想怎么样就怎么样吧，我完全无所谓。我昨天在《每周纪事》上看到了那个故事，有了一个主意。亲爱的哈罗德，我很生你的气，想要报复回来。我打算假装故事是真的，我就是那个女孩，希望他能帮忙。这时出租司机说不能往前开了，我下车问火在哪里，就看见你了——"

她心里五味杂陈，停下来恳求地望着他。但哈罗德注意力全在新线索上，丝毫未察觉她的忧虑。

104

"我不太明白，"他猛然说，"你们不住在一起，你在布鲁姆斯伯里有住处，他却和舅舅住在这里。"

"都是他的鬼把戏，"她答，"我一有了自己的工作，他就开始教我如何感恩。他需要钱，非常需要，我必须借给他。他自己也能赚些，但想要更多，只多一点，连续几年。到时候一切都好了，他会慷慨地回报我。如果不照做，他就去找我的老板，把我的情况告诉他们，很快我就会被解雇。你看，他彻底把我掌控在手心里。

"呃，我不得不承认这种状态持续了好几年。我和他断断续续地见面，大约每周一次，他来找我要钱，每次都说自己离目标越来越近了，说他不再来打扰我的日子指日可待了。然后就到了我跟你讲过的那天晚上，你知道那时候为了摆脱他，我已经准备好做出任何承诺了。你明白我为什么这么做，对吧，亲爱的哈罗德？"

"在我看来，真是一团糟，"哈罗德郁郁不乐地说，"唯一的办法就是找到伊西多尔，让他说出全部真相。你提到他说现在想要的钱都有了？很明显不是从舅舅那里得到的，因为那个老头今天下午带着现金逃走了。他一定是通过他那神秘的工作拿到钱的，我想可能是某个盗窃集团的团伙，或者诸如此类的东西。"

突然，他急切地转向她，喊道："听着，维尔，你也想找到这个家伙，对吗？"

她看着他，伤心地笑了。"是的，我想是的，"她同意道，"我不想继续等着他冒出来折磨我了，我必须知道真相，一劳永逸。"

"那么，我有一个朋友正在帮我调查这个案件的情况，你可以把所有故事都告诉他吗？"

她吃了一惊，好奇地盯着他，问："朋友？什么朋友？"

"一个我认识了一辈子的老教授，"哈罗德答，"走吧，我们现在就去见他。他是个非常友善的老家伙，要说谁能帮助我们，那就是他了。"

她疲倦地站起来，说："是的，没什么关系，我不能再这样下去了，一定会有事情发生的。我没有朋友能帮忙。"

哈罗德安排的出租车一路开得很安静。在去韦斯特本排屋的路上，两人都若有所思，各有烦恼，各寻出路，而伊西多尔·塞缪尔斯是独一无二的共同因素。钟敲了八下，玛丽见到哈罗德和维尔在一起，好奇之心激起，把他们带到教授书房。

他们没等多久，普里斯特利教授就出来了，走进房间说："晚上好，我的孩子，我猜这是唐纳森小姐吧？请坐，很高兴认识你。"

他不再理会哈罗德，转而把注意力全部投在维尔身上，努力帮她克服尴尬，让她感到宾至如归。"不，你一点也没有打扰到我，"哈罗德听见他说，"我恰巧是一个人吃饭，这种情况下晚餐总是不固定的。哈罗德说服你来，我非常高兴。"

哈罗德则竖起耳朵，寻找阿普丽尔在家的迹象，渴望听到她声音的回声，又生怕她走进屋子看见维尔。这时门铃响了，玛丽打开门，是一个男人的脚步声。楼梯口传来阿普丽尔的声音："噢，埃文，你终于来了。你来得太晚了！我早就准备好了！"

门又开了，然后"砰"的一声关上。外面的出租车发出喷气声，接着嗡嗡地向远处驶去。哈罗德叹了口气，转向教授。

然而后者却顾不上他。"我的孩子，"他说，"唐纳森小姐告诉我，她有一件为难的事情，想征求我的意见。我认为如果我们单独谈谈，她就不会那么尴尬了。"

哈罗德微笑着，这至少足够明确了。他拿起帽子，朝河滨花园的家走去，脑子里满是伊西多尔和他秘密的猜想。他现在确信，这个难以捉摸的年轻人和他自己的问题之间有某种联系。但是——伊西多尔消失了，这一次似乎彻底消失了。哈罗德想象不到该如何追踪他。

阿普丽尔跳完舞回来时，已经过了午夜，她惊奇地发现父亲书房里还亮着灯。她犹豫了一会儿，什么也没听到，轻轻地打开门，踮着脚尖走了进去。教授坐在他最喜欢的椅子上，目不转睛地盯着炉火的灰烬。听到脚步声，他吓了一跳，表情严肃、目光焦灼地看着她。

她走了过来，坐在爸爸椅子的扶手上，俯身吻了吻他的头顶。

"我的爸爸，你早就该上床睡觉了，"她说，"你一个人在这里干什么呢？"

"思考，我的宝贝，"教授温柔地回答，"思考我是否敢于着手解决问题，假如你愿意的话。这个世界上有些谜题还是不去揭开为好。"

"我相信你爱你的老谜题远胜过爱你的女儿。"她淡淡地说。

"也许是见得更多吧，"他稍停片刻后答，"看起来现在埃文·邓比占了你的大部分时间呀。"

她把头靠在他的肩上，轻轻地笑了起来，说："爸爸，我觉得你在嫉妒埃文。如果你喜欢，我可以留在家里，和你一起解决难题。我们计算 $(x+y)$ 的 n 次方，或者类似令人兴奋的谜题，每天晚饭后一个小时，是不是很有趣？"

对她的玩笑，他并没有为之所动，而是问："告诉我，宝贝，你喜欢这个年轻人吗？"

"他很有意思，"她漫不经心地答，"聊天有趣，舞跳得好，知道如何举止得体。我的爸爸，你是第一个指出他优点的人呀。"

"是的，但是你喜欢他吗？"教授追问道。

"真是个刨根问底的小老头！"阿普丽尔嘲笑道，但接着转变了语气，"噢，他只是其中之一。我喜欢什么？他们都一个样，出去玩都很有趣，在公共场合都举止得体。你很清楚，自从哈罗德不再关心——"她突然停止，两人就这么坐着，教授轻轻抚摸着她的手，她把头靠在他的肩上。她忽然吻了他一下，从椅子扶手上跳起来，走了。

普里斯特利教授独自一人，沉思地盯了壁炉几秒钟，用手指怜爱地摸了摸女儿躺过的大衣肩头，上面还湿润着，一股欣慰之情涌上心头。

"终究还是哈罗德！"他自言自语道，"感谢上帝！现在我可以履行职责了。"

求婚

埃文·邓比是一个特别注重个人外表的人。他位于剑桥排屋的卧室与哈罗德在河滨花园随意邂逅的房间形成鲜明的对比。室内陈设也许没有那么华丽，但显而易见其主人是一个头脑有条理的人，相信传说中的乌托邦，物有所归，各尽其用。他是最近才搬进来的，可女房东已经向同行朋友们透露，自己的新房客是个真正的绅士，一个可靠绝不会胡闹的人。

这天下午，就在拜访阿普丽尔迟到的那晚之后几天，他精心打扮。阿鲁尔·法弗沙姆爵士正在度他计划中的假期，热心的助理听从他的建议，只在上午到实验室来。"邓比，像你这样年纪的人不用过分消耗精力，"他和善地说，"你最近看起来有点累。我不在的时候也没太多事，你上午过来就可以了，下午是你自己的时间，放松一下。"

埃文热情地向他道谢，并悄悄把这个消息告诉了阿普丽尔。正如他所料，他受到邀请参加星期三的茶会，而现在他正在为这个活动做准备。运气好的话，这意味着能和阿普丽尔面对面地促膝密谈，他决定充分利用这次见面的机会。看起来等待已久的时刻终于到来了，那晚她的态度里一定暗含某种鼓励的意味，不管发生什么，他今天下午都要测试一番。

怀着这样的打算，他的梳妆打扮比平时更讲究了。完成最后的润色后，他仔细思考自己确切的进程。他收到了阿普丽尔本人写的一封信，用的是她惯常使用的那种漫不经心的用词："如果你没有其他事的话，就来喝茶聊天吧。"仅此而已，但足以让他在一个意想不到的天赐良机面前心跳加速、满心欢喜。喝茶聊天！太棒了！好像还有什么比这更有趣。

理所当然，这肯定是一件非常重要的家庭事务，有阿普丽尔和教授，还可能会有别的不速之客。他必须冒这个险，无论如何都不会有什么困难。教授总是一喝完茶就马上去书房，即使来客是他的客人，他也会去，留下场地给别人。那么阿普丽尔的客人呢？好吧，那就用费边式战术，诱使对方先走。事实上这一步没有可担心的地方。他唯一怀

111

疑过的是阿普丽尔在乎的人是哈罗德·梅里菲尔德，但谜案疑云未散，哈罗德的声望有点低，再加上《每周纪事》文章的大肆渲染，所以这一步也没有什么可担心的。

那么接下来会发生什么呢？机会固然不错，可如何把握呢？如何充分利用命运给予的机会呢？阿普丽尔和他是要好的朋友，这点毫无疑问：他们有共同的爱好，最近经常见面，她明显不反感。然而，不知何故，在友谊和别的东西之间存在着一条不可逾越的鸿沟，一条雾气笼罩的沟壑。正如现在的埃文·邓比，你谨小慎微、小心翼翼地前行，来到了友谊的尽头。鸿沟的另一边，通常被迷雾遮着，但有时在突如其来的涡流中露出一半，那是远方的海岸，是你一切努力的目标。然而中间隔着黑暗的峡谷，似乎没有落脚点。你必须在那道鸿沟上架起一座桥，用交到你手上的或上天可能送来的易碎材料架起来。当你建造的时候，它是一个单薄、疯狂的结构，一根如同蛛丝一样的东西，一缕怨恨、冷漠、嘲笑的气息就会把它彻底吹走。你将和它一起掉下去，头朝下跌进鸿沟，没有希望爬上陡峭的两岸，到达友谊或爱情的彼岸。你开始跨越那座桥时，带着全部的雄心壮志，一旦失败就一起灰飞烟灭了。

埃文·邓比手里拿着刷子，边思考，边掸掉外套上的最后一点灰尘。这也许是孤注一掷的冒险，他却打算尝试。他绝对从她的态度中看出了鼓励，是随性且超现代的阿普丽尔所能给予的最多鼓励。此外，他会小心谨慎地搭好入口，在她眼前建立起拱门根基，同时他会安全地待在坚实的土地上。他相信自己可以使用无限的痛苦，无限的慎重——

他终于准备好了，怀着一颗勇敢的心向韦斯特本排屋出发。他走得很慢，每走几步就看一次表，抑制住内心的激动之情，一定要准点到达。尽管如此，他还是来得太早，不得不走一条弯弯曲曲的路线，经过繁忙的帕丁顿车站，进入通往目的地的长长林荫道。随着冬夜的临近，路上已经暗下来。最后，附近的钟敲响了一刻钟，他带着急促的脉搏登上前门的台阶，按响了门铃。

玛丽让他进来，脸上的微笑只留给她认可的人。如果没有哈罗德少爷——毕竟外面流言沸沸扬扬，貌似哈罗德少爷已经出局了——这位相貌堂堂、谈吐优雅的年轻人似乎通过了她直觉上的考验。她正要带他上楼去客厅，教授就匆匆走出书房，两人差点儿撞到一起。

"啊，邓比，原来是你呀，"他说，"天啊，真是太幸运了，进来。我敢说你会对我正在研究的算术很感兴趣，我自认为它们将颠覆公认的原子结构理论。有实证，邓比，有实证，不是纯粹的猜想。进来吧，我给你解释一下。"

也没什么事做，于是邓比顺从地跟着普里斯特利教授走进书房，心里暗暗祈祷玛丽把他的到来告诉阿普丽尔，她会组织救援队来营救他的。与此同时，他决定要讨老人的欢心——他充分认识到确保这个重要盟友的意义。

书房一片漆黑，只有房间中央摊开的折叠桌上有一盏灯。桌子上放着一张很大的方形纸，上面写着一排排整齐的数字，还有一叠用彩色粉笔画出来的图表，看上去像是许多火箭的轨迹。纸的旁边是一堆各种各样的数学仪器、铅笔和其他绘图工具。

教授一边领他到桌前，一边说："我从来没有准备好接受关于物质构造的放射性理论，我知道你们化学家已经建立了一个理论，把原子看作一个微型太阳系，其中的电子像行星一样四处漫游。纯粹的猜想，毫无逻辑可言。首先，你从未见过原子，不是吗？"

"没有，我必须承认没有，"邓比小心翼翼地回答，"可是像卢瑟福这样的人——"

"推论，虽然是实验推论，但依然是推论，"教授打断说，"我现在可以从数学上和逻辑上证明，从而得出结论，你们大肆吹嘘的原子结构是不成立的，与相互吸引法则相背离。"

他拿起一支铅笔，笔尖对准图表，激情洋溢地继续说："看这条曲线，它表明两个给定质量的粒子，相互间的吸引力是如何随着距离增加而变化。你看，在这个临界点，我们可以这样称呼——啊，真讨厌！"

在他的压力下，铅笔的细尖断了。他一边继续解释，一边拿起小刀开始削铅笔，丝毫不顾铺在地板上的豪华地毯。

"在这个临界点，曲线变得几乎完全平行于横坐标。你明白这意味着什么吗？这意味着当你的粒子发散到那个距离之外时，实际上没有吸引力将它们聚集在一起。啊，这样好多了！"

铅笔已经削到他满意的尖度。他正要放到桌子那头时，手臂碰了一下，铅笔危险地倾斜，尺子、分割器等等无数奇形怪状的东西开始像雪崩一样从上面滚过来，教授和站在一旁的邓比纷纷一个箭步抓住它们。邓比突然一声大叫，原来教授慌忙中把小刀尖刺进了他的手臂。

"我的老天爷！"后者意识到发生了什么事，大喊道，"我简直太愚蠢了！绝不能将一把打开的刀握在手上！天啊，我一直在用这把刀削铅笔呢！太不走运了，太讨厌了。我马上处理！"

"噢，没关系，"邓比笑着回应，"这个刀尖压根刺不到皮肤，真的，没什么大惊小怪的。"

教授摇摇头，按了壁炉旁的电铃，严厉地说："我真奇怪，你们这一行的人竟然对这种事如此轻描淡写，好多败血症案例都是因为对这类细节没有足够重视。用来给这些铅笔上色的染料肯定有一定毒性——"

玛丽听到铃声走进来，中断了他滔滔不绝的雄辩。

"啊，玛丽！"他转身说，"请你上楼找阿普丽尔小姐，让她带着

115

急救箱下楼见我，急救箱在我床头柜里，谢谢。"

邓比的不情愿好像变魔术似的消失了。"是的，也许你是对的，"玛丽出去办事，他说，"你永远不知道多小的东西会导致败血症，毕竟涂点碘酒也无大碍。"

他听见阿普丽尔跑下楼梯，便停下来。她冲开门时，他微笑着鞠了一躬。这个小事件节省了他一刻钟的无聊时间，此刻魔咒打破——喝过茶后，他的机会一定来了——

"你们两个在干什么？"阿普丽尔查问道，"玛丽过来说你们立马需要急救用品，谁受伤了？"

"我的宝贝，我不小心用小刀划伤了邓比的手臂，"教授答，"要知道这种小伤也可能很危险。你有碘酒和绷带吗？太好了！邓比，请你脱下外套，卷起袖子，我女儿视力比我好，会帮你处理伤口的。"

邓比照教授说的做了，但有点不情不愿，让教授很不满意。伤口恰在左二头肌处，边缘的微小切口慢慢地渗出一滴血。

"把袖子卷起来，"教授命令道，"阿普丽尔要涂很多碘酒，抹在亚麻布上就洗不掉了。啊，好多了，我想你不需要我帮忙吧，宝贝。"

"噢，不用，没关系的，爸爸，这是我的工作，"阿普丽尔回答。这时教授转向凌乱的桌子，开始收拾散落一地的器械。

她非常在行地将手放在邓比的衬衫上，把袖子卷到肩膀位置，说：

"我本想加入志愿救护队的，可惜战争结束得太快了，你不知道吧，埃文？我真想不出你和爸爸是怎么玩起刀子的。现在上碘酒，有点痛吧？肯定有点的，这就是它的作用。现在缠几圈绷带，别上扣针，就又有一个病人从牙关紧锁的恐惧中得救啦，没错。"

邓比欣然接受了她的帮助。她手指的触碰非常舒服，这件事莫名其妙地让他俩之间多了另一种联系，为那座将要搭建的桥梁又增添一根细细的支柱。阿普丽尔包扎好了，转身去帮父亲收拾掉在地板上的各种工具。

"亲爱的爸爸，你到底想干什么？"她问，"用小刀或者类似的东西练习击剑？"

"不，宝贝，"教授回答，"我们在探究实证，我一个不小心差点把桌子掀翻，扶桌子的时候伤了邓比。"

他转向这位正在穿外套的年轻人，"你看，不幸发生的时候我正要解释相互吸引力的曲线——"

可阿普丽尔打断了他的话，喊道："噢，亲爱的爸爸，让你的老曲线休息一会儿吧！下午茶时间过了，你也清楚如果吃的迟迟不上，玛丽会有多生气。来吧，我帮你收拾这堆烂摊子。"

图纸卷起来，安稳地放在角落里，桌子也折叠起来，同样放置完好，教授亲自把心爱的器具逐一归位。这时他才同意离开房间，于是三人上楼来到客厅。邓比心潮澎湃起来，他意识到自己一直在急切寻找的机会，终于要来了。

另一把钥匙

　　如果没有教授，这顿下午茶可能会有点局促不自然。就邓比而言，他很难表现出若无其事的样子。他一直保持警觉，生怕门打开让更多的客人进来，从而破坏了教授等会回书房后，他和阿普丽尔促膝密谈的机会。阿普丽尔像其他女人一样，即使意识到了神经紧张的氛围，也没有表现出来。

　　然而教授一旦开启了他的兴趣点，就拒绝转移话题。对原子结构的研究似乎给他带来了极大的满足，而邓比也是学习理科的，能够理解他，且刚好在场，这是一个不容错过的机会。他很快就开始了长篇大论，从当前的案例讲到他喜欢的理论：数学，即实证逻辑学，是解决任何可能问题的唯一合理途径。

阿普丽尔和邓比任他侃侃而谈。的确，没有什么能阻止他。但在他喝完第二杯茶之后不久，邓比是带着近乎虔诚的感激之情看着他站起来。

"这真是一次非常有趣的谈话，"教授亲切地说，"我很少遇到像你这样能欣赏我理论的人，邓比，非常有趣。其实我觉得不该停下来，我书房里的炉火棒极了，坐在那里比在这儿舒服多了。走吧，邓比！你也来，阿普丽尔，宝贝。我们去下面舒舒服服地待着。"

有那么抓狂的一秒钟，邓比脑海中闪出了反抗的念头，简直忍无可忍。他怎么能耐心地听这个讨厌的老头说话，眼看着宝贵的时间一分一秒溜走呢？一旦进了书房，就没有机会与阿普丽尔进行期待已久的谈心了。除了继续坐在那里，没有别的选择，直到告辞时间到才能逃走。

但是别无他法，阿普丽尔已经起身随着父亲走了，邓比也跟在他们身后，满腔怒火却只能强颜欢笑。教授叹了一口气，瘫坐在桌前自己最心爱的椅子上，阿普丽尔坐到火炉前的一个垫子上。

"来，邓比，"教授指着靠墙的一个沙发说，这张沙发离门最远，被一张大桌子和房间其他地方隔开了，"你坐在我左边，我能听得更清楚。我这辈子总得安排这些事。阿普丽尔，宝贝，把灯关掉好吗？在黑暗中交谈更容易，不得不说这些现代电灯的亮光相当令人难受。啊，谢谢！"

因此，书房处于相比之下较黑暗的状态，教授书桌上一盏严重遮光的灯在写字板上投下一圈明亮的光，却很难穿透远处的阴影。壁炉里几根大原木在精心准备的煤床上烧得通红，但偶尔冒出的火苗，只在墙边的书架上映出摇曳不定的亮光。正如阿普丽尔所说，这是进行学术讨论的理想场所。

邓比带着某种宿命论的情绪默许了这一安排。既然已经没有可能和阿普丽尔独处了，倒不如听天由命，利用时间去赢得她父亲的好感。毕竟，只是推迟而已。对他来说，一两天后找其他时机应该是很容易的。与此同时，他迫使自己专心听教授的开场白。

然而三人刚坐好，门就打开了，玛丽出现了，走廊相对明亮的光线映衬出她的轮廓。"先生，梅里菲尔德少爷。"她宣布。

哈罗德走了进来，他还不习惯这种阴暗，什么也看不清。

"啊，哈罗德，我的孩子，是你吗？"教授平静地说，"我们谁也不用起身，火炉前靠近阿普丽尔坐的地方有把椅子，没错。我正在向邓比解释，如果对实证研究进行明智的操作，就能够解决人类大脑面临的任何问题。"

"能吗，先生？"哈罗德说，声音中带着一丝苦涩。他收到教授一张便条，让他下午五点钟过来。他迫切地感到，一定发生了什么事情，能揭开笼罩在自己身上的疑云，便急急忙忙赶去见面，不料却发现教授、邓比和阿普丽尔坐在一起，像极了一家人。

"能，"教授回答，"就拿你的案子来说，你是这件事的受害者，其中原因至今很难找到。但是我有充分的理由希望，只要认真识别事实，摒弃单纯的推理，就有可能重塑真相。"

"你的意思是说，你知道那个可怕的夜晚发生了什么，对吗，爸爸？"阿普丽尔惊叫，"如果你能证明可怜的哈罗德是被冤枉的，那就太好了！"

"我认为我们可以得出真相，"教授用说教的口吻答，"无论如何，这次尝试都将成为在该种情况下应用实证方法的极好的例子。你们都知道这个案子的基本情况，还有一大堆无关紧要、带偏事实的信息。唯一需要的技能是发现实证，取其精髓，去其糟粕。"

教授顿了片刻，仿佛在整理思绪。他的听众屏息凝神，都感觉赫赫有名的帕丁顿谜案终于要水落石出了。

"第一点，"他继续说，"撇开推理不谈，我们能依靠的主要实证只有一个——哈罗德床上发现了一具尸体。我们不得不得出这样的结论：这个人是通过人力到达案发地点的，而不是通过爆炸的威力或任何自然现象。因此，那天晚上，或者更确切地说，在哈罗德离开的时间（大约四点）和回来的时间（大约第二天凌晨三点）之间，他进入了哈罗德的房间。

"对周围环境的勘查显示，有人——情况表明此人已死——从大西路来到运河岸边，游过运河，穿过荒地，用轮胎杆撬开哈罗德卧室的窗户。你们应该记得，这些都是警方的观点。事件的轨迹清晰可见，死者的靴子和荒地上的脚印完全吻合，在他口袋里发现的轮胎杆和窗框上的痕迹完全一致。说实在的，我个人也认为脚印就是那双靴子留下的，窗框上的痕迹就是那只轮胎杆留下的。我说的只是自己的观点，因为我没有无可辩驳的证据来支撑，有可能存在完全相同的靴子和轮胎杆。其实至于轮胎杆，我知道情况如此。"

"那么，你同意汉斯莱特探长对这个案子的看法吗？"邓比提出。

"不完全同意，"教授回答，"我突然意识到，要撬开一扇做工精良、锁扣牢固的窗户，轮胎杆只是个无关紧要的工具。哈罗德，你把窗户修好了吗？"

"没有，"哈罗德答，"我想最好暂时不要碰。"

"那么有必要的话，我将要陈述的事实是可以加以核实的。"教授说，"勘查现场的警方解释过，当窗户被强行打开时，搭扣并没有坏，只是从固定它的螺丝中移位了，而螺丝从木框上掉落了。我亲自验证了这一点，但还有更深层次的事实被先入为主的推断忽视了。当螺丝从木

123

框上被用力拔下，它的螺纹会塞满木头纤维。这种情况下，尽管每个螺丝钉都有一英寸半长，但只有最后四分之一英寸会被木屑塞住。"

"我的天！"哈罗德惊叫，"我从没注意到。"

"汉斯莱特探长肯定也一样，"教授答，"继续说。我检查了窗框的木头，确认完好无损。另外，螺丝头上有最近用螺丝刀拧过的痕迹。所以我毫不犹豫地推断，在撬开窗户时，固定搭扣的螺丝钉已经被部分拧出了。任何用搭扣锁窗户的人都会注意到，哈罗德，当晚你出去前有锁窗户吗？"

"有的，先生，"哈罗德答，"我非常确定当时搭扣是好的。"

"现在你看，表面上无关紧要的事变得多么重要了，"教授接着说，"螺丝无法从窗外拧动。然而另一方面，几乎可以肯定的是，窗户确实是从外面强行打开的，前提是搭扣已经够松，足以用轮胎杆撬动。由此我们可以下结论，那晚哈罗德的房间被闯入至少两次，一次是通过窗户，还有一次是先前通过其他方式进入。由于没有任何相反的证据，我想暂时假定，第一种通道是门，且是用钥匙正常进入的。"

"可是除了我没有人有钥匙，先生！"哈罗德插了一句，"我敢肯定，我把门锁上了。"

教授不耐烦地摇摇头，答道："没有一个租房的人可以下此断言，除非他当真自己重装了锁，即使这样，我们也只能有所保留地相信。

毋庸置疑，你的情况和其他成千上万的人一样，包括我自己。租客签署一份租约，房东交给他们一把或几把现有锁的钥匙。房客怎么知道他有唯一能开那把锁的钥匙呢？然而我目前不想强调这一点。我想说明的是，除了窗户之外，还有别的途径可以进入房间，因为我们有确凿的证据可以证明。"

"亲爱的爸爸，你太厉害了！"阿普丽尔惊叫，"说下去，最精彩的部分要来了，接下来发生了什么？"

"没那么快，宝贝，"教授答，"想一想，是谁先闯进来的。现在不要考虑事实的实际验证，让我们形成一个之后可以检验的推论。首先，两种方式的闯入都缺乏明显的动机，而且房间里本来没有死人。一个人破门而入陌生人的房间，目的是死在他的床上，这是很不寻常的。我认为有两种可能性，一种是死者闯入了两次，还没来得及完成目的就死掉了；另一种是死者有个同伙，发现同伴遭遇不幸后逃掉。

"在我看来，第二种可能性更高。如果死者是独自一人，我觉得很难解释他的行为，因为显然他已经可以进入房间，却故意用自己的双脚和工具制造了轨迹，过程相当艰难，包括游过运河，爬上至少两堵墙，还冒着被人发现的风险。另一方面，如果有两个人，一个人靠门进入房间，第二个人靠窗进入，就比较容易理解了。这表明警察发现的痕迹是有意留下的，原因是如果一个人可以从门进去，那么两个人

125

都可以同样轻松进入。再说，为什么要拧松搭扣的螺丝，把窗户撬开呢？假定出于未知原因，第二个人必须通过窗户进入房间，那么第一个人用正常方式为同伴打开窗户，岂不是更简单，更安全，更快捷呢？不，我相信，之后发现的所有表明他游过运河的这些痕迹，包括脚印，窗户上的刮痕，死者口袋里的轮胎杆和湿漉漉的衣服，都是故意为之，目的就是让人发现。"

教授停下来，听众正全神贯注地听着他的推理，也一同陷入沉默。这时，一直屏气凝神洗耳恭听的哈罗德斗胆开口了。

"为什么呀，先生？"他问，"我的意思是，为什么要故意留下这些痕迹呢？我能理解那人制造误导的痕迹来隐藏进来的路，但如你所说，不是用自己的工具和靴子。假如他跑掉了，至少会留给警方一条破案的线索。假如他从门进来，也可以从同样的路出去，不会留任何踪迹。"

"完全正确！"教授答，"这正是我一开始就感兴趣的问题，前提是他要逃走。但是设想他压根不打算逃走呢？那会怎么样？"

邓比坐在沙发上，略带轻蔑地笑了一声："可是教授，你确实要求我们设想太多了。从逻辑上讲，你说这个人根本没打算逃跑，这意味着他的同伙在梅里菲尔德的房间里谋杀了他。但你要记住，屋内没有任何犯罪、甚至打斗的痕迹。毫无疑问，那人死于心力衰竭。我知道你不相信医学证据，可作为一名医生，我对陪审团的裁决很满意。不管他的同伙是谁，竟然能预测到那人会死，即使是由于爬墙和游运河造成的身体损伤，这都难以想象，不可思议。"

教授点头："谢谢，邓比，你把我心里的异议说出来了。别以为我会否认医学证据或陪审团裁决，我欣然接受，但也有限度。此人死于心脏功能衰竭，毋庸置疑。不过，什么时候，在什么情况下呢？医学证据无法告诉我们。专家证人表示，他可能死于尸体被发现的前一天下午。旁证指出，他大约在下午五点到凌晨两点之间闯入哈罗德的房间，因此推断他死在那里。但让我向你提出另一种可能性，如果他到达河滨花园时已经死了呢？"

大家都震惊地吁了一口气，接着阿普丽尔放声大笑，抱怨道："亲爱的爸爸，你真让我毛骨悚然！你不会是想说那些印迹是他的鬼魂留下的吧——是他自己的靴子，你也承认过了。"

"再说，先生，你不能带着一具尸体到处乱逛，即使是在河滨花园，"哈罗德插嘴说，"那人的衣服被脏水浸透了，但不可能有人把他扔进运河，再从我窗户拖进来，台阶上没有任何脏乱的痕迹。"

"我先来解释你的疑问，"教授耐心地回答，"我们已经断定，这起案子也许还有一个同谋或另外一个人与之相关。我们现在来考虑这个人做以下两件事的可能性：第一，处理尸体；第二，设法进入哈罗德的房间。他意识到他可以用第二件事来完成第一件，于是用某种方法，先将尸体运到布斯特先生门前，自己进入，然后把尸体放到哈罗德的床上。至于用的什么方法，我待会儿再讲。这时候他有必要为那具尸体的存在提供一个合理的借口，因此留下印迹，彻底误导了警方和公众的判断。当然，我一点儿也不相信他的行为是出于一时冲动，每个细节都证实了这是长期的预谋。

"他已经准备好了一把螺丝刀和一根轮胎杆。要做的第一件事就是如之前所说，拧松搭扣的螺丝。接下来他就按原路离开哈罗德的房间，楼梯上没有脚印并不能推翻此推论；布斯特先生的前花园到处都是垫子和碎布片，他一定在进入前擦干净了靴子。然后是他的冒险行动中仅有的危险部分，但傍晚的雾气对他帮助很大。我甚至感觉他是等到这段雾蒙蒙的时间才去犯案的。"

"可是那人只可能是那天晚上死掉的，"邓比反驳道，"他不能——"

"噢，闭嘴，埃文！"阿普丽尔打断道，"不要破坏故事。接着说，夏洛克·普里斯特利教授！"

"好吧，我们等下再处理邓比的疑惑，"教授说，"这第二人，我们就这样叫他吧，借助雾气径直向运河穿过马路的桥走去。等到没人之时，他爬过栏杆，沿着汉斯莱特探长勘查时发现的路线，来到纤道。从那里蹚进水游过运河，爬上庭院的墙壁，到达哈罗德窗户下的倾斜屋顶上，用轮胎杆把窗户撬开。他的任务就完成了，之后只需要和尸体换好衣服和靴子，把轮胎杆留在他的口袋里，带着螺丝刀悄悄从前门离开。一个巧妙的计划，简单却趣味无穷。"

"我的天！"哈罗德说，"我从没想到过。那么在死者口袋里发现的其他东西呢，垫圈之类的？"

"都是些容易弄到的小玩意儿，放在那里就是为了提供错误线索，"教授答，"这第二人处心积虑地为身份辨认制造困难，因为毋庸置疑，辨认的结果会关系到他自己暴露与否。"

教授停下来，转向邓比，略带着胜利的神气问："现在你觉得我的推理如何？"

"非常合理，"年轻人坦言，"但即便如此，事情也没有进展。我们不知道死者是谁，也不可能找到关于第二个神秘人的线索。"

"目前还没有，"教授答，"但如果我的推理正确，至少可以证明哈罗德的清白。"

"除非假定他那天晚上把自己房间的钥匙借给了那个人，"阿普丽尔轻声插话道，"否则你的推理就有疑点，爸爸。再说了，那人是怎么把尸体运到河滨花园的？出租车是不太可能。"

"我没弄错的话，他来的时候尸体已经在那儿了。"教授平静地答。

"已经在了！"哈罗德惊叫，"不，不可能。但是，老天！布斯特

129

先生丢失的包裹！"

"是的，是的！"教授认同道，"我一听说包裹的事，就觉得它是一个临时存放尸体的绝佳容器。但在目前的情况下，要想它有价值，就必须确定哈罗德发现的死者在到达他房间前已经死了，或者至少昏迷。说明一下警方在现场发现的印迹也很有必要，一个人不能只接受部分实证而忽略其他。我相信尸体是装在袋子里运到河滨花园的，你看，这是多么高明的交通工具呀。很明显第二人选择了布斯特先生不在家的晚上送包裹，同时那个时间段哈罗德也已离开，并在他回来之前抹除了所有痕迹。这里的问题又很简单。把捆好的包裹扔进布斯特先生的前花园，和其他杂物堆在一起不会引人注意。在布斯特先生回到店铺之前，没有人会发现包裹的存在。事实证明，正是由于布斯特先生和车夫乔治之间有生意往来，他才会早早意识到货物已经运到了。"

"可是，教授，这纯粹是猜测！"邓比喊道，"我想象那晚有一捆什么包裹，里面可能装着一具尸体，据说送到了河滨花园，又神秘失踪了。可我想不到这捆东西与梅里菲尔德房间里发现的死人有什么联系。"

"在这类事情上，经常需要通过试错的方法来推进，"教授严肃地回答，"换句话说，依次选择推论，将已知事实的检验应用于其中，只接受成功通过校验的那个。"

教授掏出表，把它放在投在桌子上的一圈亮光中，说："我们还有一点时间，可以把这种方法用到布斯特先生的包裹上吗？"

"可以，爸爸！"阿普丽尔大声说，"快开始！这是我以前从未想过的数学分支，真希望我在学校数学能学得好一点。"

他的听众挪一挪身子，更舒服地靠在椅子上，等待教授继续说。

塞缪尔斯的伪装

"那好吧,"教授又摆出一副说教的架势,"让我们来考虑一下关于布斯特先生包裹的情况,正如邓比指出,目前我们只有传闻证据。

"这捆包裹据说装着一个古董时钟和一些其他物件,没有很值钱的东西,也不足以吸引任何普通小偷,案发当天下午被取走送至布斯特先生的地址。据我们所知,参与这项交易的人包括一个叫塞缪尔斯的人和他的外甥,一个叫乔治的车夫和布斯特先生本人。关于乔治,我们只知道他的教名,以及他在其他时候为布斯特先生运过货。而布斯特先生是哈罗德的房东,也是一家二手家具店的老板,他对资本主义国家很是反感,因此他对警察非常厌恶,这一点与包裹的丢失有关,因为他绝不会向警方报失。倘若布斯特先生的陈述是真实的，小偷很可能会考虑到这个因素。"

"其实他一告诉我这件事，我就建议报警，"哈罗德插话，"正如你所说，先生，他对这个想法嗤之以鼻。"

"正是，"教授附和道，"汉斯莱特探长跟我讲了一些关于布斯特这个人的事。他是一个有自己党派信仰的人，并且非常理想主义。用汉斯莱特探长的话来说，他'直截了当'，说话很靠谱。由此，在没有任何相反证据的前提下，我个人认为他讲的都是实话。"

"我同意你的看法，先生，"教授朝他这边瞥了一眼，作为回应哈罗德说，"虽然他总有稀奇古怪的想法，但一直相当实在。"

"布斯特先生的陈述表明，包裹于当晚哈罗德离开和回来之间的某个时间被人放在河滨花园16号的门廊里。我承认，我们无法证实他的陈述，尽管有确凿的证据证明，包裹的寄件地址是在坎伯威尔。"

"我可以提个建议吗？"教授停顿之时，邓比说，"布斯特先生的话既然让你信服，那么我也准备接受并认可这一佐证的正确性。但即使如此，布斯特先生从未见过此包裹，只是从乔治这个人那里听说东西已送达。其实从包裹离开坎伯威尔那一刻起，我们便对它一无所知，也不知道它在哪里。不管乔治有没有嫌疑，万一东西在半路上被做了手脚或者盗走了呢？为了保护自己，乔治也许会宣称包裹已送到，他又拿不出签名来。"

"我承认这里确实没有实证，"教授平静地答，"你要记住我那句话，我们构建的推论必须接受事实的检验，我们可以获取必要的证据来证实乔治的说辞。你了解河滨花园的地形，也曾经拜访过哈罗德。那是条死胡同，路面狭窄又坑坑洼洼。正如他所描述的那样，任何一辆能够运输这么大包裹的车辆开进来，都很难不引起居民的注意。假如需要验证乔治的说法，我们会毫不费力地获得必需的信息。"

"噢，是的，让我们相信这个包裹吧，它使故事更加激动人心！"阿普丽尔呼喊，"相比起乔治·华盛顿，我宁愿相信车夫乔治。继续说，爸爸。"

普里斯特利教授被催着继续讲下去："让我们把目光从乔治这个人身上移开，考虑一下包裹的来源，我们立刻发现了源头和目的地之间惊人的相似度。两边都是做二手家具生意的，最有可能的是两位二手交易者之间有商业贸易往来。布斯特先生对同行寄给他这样一个包裹并不感到吃惊，从他的态度可以推断，这种交易绝不罕见。但还有一个更有意思的地方，据说布斯特先生的同行，名叫塞缪尔斯，也是一名党派人士。相似之处到此为止了。这个塞缪尔斯，真名萨穆利，是一个与布斯特先生不同类型的人。

"你们应该记得，匈牙利经历了贝拉·库恩政权下为期六个月的布尔什维克统治，其间一个名叫萨姆利的人扮演了臭名昭著的角色，最后为了避免逮捕自杀了。布斯特先生认为这个人与二手商塞缪尔斯有联系。贝拉·库恩伪装成理想主义者，其实就是些强盗，目的是在他们统治所造成的普遍混乱状态中为自己谋取利益。塞缪尔斯无疑就是这类人。据布斯特先生说，他有背叛同志的嫌疑，并由此背负恶名。事实上，要说他通过耍两面派把戏，博取各方欢心，反过来又以背信弃义的方式赚取一定的钱财，一点也不会错。你觉得这样的假设可行吗，邓比？"

邓比面对突然的点名，在沙发上不安地挪动起来，回应道："真的，教授，我很难说，应该没有怀疑的理由，确实有这种人，我想警察知道他的一切。"

"警察肯定知道，"教授认同，"如果去请教汉斯莱特探长，他也许能向我们提供这方面的实证。不过现在，让我们在脑海中想象一下这个人。再说一遍，关于他我们只有传闻证据，目前没有人见过他。根据布斯特先生和其他人的描述，他是一个老头，脾气暴躁，明显患有某种支气管疾病，呼吸困难。外表非常邋遢，头发总不打理，任其随意生长，从来不剃胡子，衣服似乎是从店里卖不出去的存货中随便挑选的。他唯一公认的亲戚就是外甥，偶尔会帮忙做生意。哈罗德见过这个外甥，据说名叫伊西多尔。你能形容他一下吗，哈罗德？"

"不能，先生，恐怕不能，"哈罗德答，"我只见过他一两分钟，当时店里几乎全黑。他貌似中等身材，走路时弯着腰拖着脚。说话声音沙哑，低声细语，好像有点傻似的东拉西扯。他的外貌给我的印象是，和他舅舅一样毛发散乱，蓬头垢面。不过如果我有机会再见到他，我想应该能认出。"

"确定能吗？"教授若有所思地说，"在你描述的情况下记住一个人是非常困难的，白天的光线常常会产生完全不同的印象。然而这并不重要。包裹从布斯特先生店铺的门廊上消失几天后，你见到了这个外甥伊西多尔。他告诉你他按照舅舅的指示打包了包裹，亲自交给了车夫乔治。是这样吗？"

"是的，先生，"哈罗德答，"我是专程过去询问的，一了解完，就离开了那里，再也没去注意那个家伙了。"

"那当然，"教授说，"你其实已经做了该做的事。据我所知，你这次没有看见舅舅吧？"

"没有，先生，他卧病在床，"哈罗德回答，"待在通往店铺一头的房间里，我能听到他的喘息和咳嗽声，伊西多尔进来店铺回应我的敲门声之前，也一直遭他埋怨。我得说他听起来是个非常讨人厌的老头。"

"是的，毫无疑问，"教授表示同意，"就连布斯特先生似乎也不愿向他开口。至于你提到的呼吸困难，我想是一种疾病的典型症状，是吗，邓比？"

"非常肯定，"邓比欣然回答，"几乎任何一种哮喘都会产生梅里菲尔德描述的症状。假如他真的和外甥发生口角，很大程度上会导致这种喘息和咳嗽。如果他安静下来，就会得到相当大的缓解。比如说，当外甥和你在一起的时候，他一个人在房间里，症状是不是就减轻了呢？"

"其实，我不记得当时听到过他，"哈罗德说，"不过也许我没有在听。"

"啊！我的诊断是正确的，"邓比满意地答道，"要是有用的话，我想我们完全可以再加一个实证，就是塞缪尔斯先生患有哮喘。"

"所有的实证都有价值，不管我们能否认识到，"教授表情严肃地说，"继续下去。现在面临着一个困难，必须由我们来解决。伊西多尔·塞缪尔斯曾说过，从坎伯威尔的印克曼街寄出的包裹内含一只古董时钟和一些其他物件。但在刚才的推理中，所谓一模一样的包裹却装着一具身份不明的尸体，几小时后由第二人在潜入哈罗德房间后打开。

"现在有两种推理可以解释这一难题。第一，存在两个包裹，一个装着古董钟，另一个装着尸体。车夫乔治所描述的包裹可以符合任一个，因为考虑到除了时钟还有许多坚实的小雕像，二者的重量和尺寸大致相同。假若这样，尸体包裹一定替换了钟表包裹，不是在坎伯威尔到河滨花园的路上，就是在送达河滨花园之后。第二，只有一个包裹。在这种情况下，要么我的推理全部推翻，我们必须解释含有时钟和雕塑的包裹是如何在那晚从布斯特先生店铺门廊上失踪的；要么乔治从印克曼街接到的包裹里装的不是钟表，而是尸体。"

"亲爱的爸爸，你的逻辑无懈可击！"阿普丽尔插话道，"不过相比起扔在哈罗德床上让全世界都看到，塞缪尔斯一家肯定能找到一种更简单的方法来处理受害者的尸体吧？想想尸体被认出该多危险！"

"别急，宝贝，"教授温和地答，"让我们依次检验这些推理。说实话我认为存在两个包裹的可能性不是很大，如果替换是在送到河滨花园前进行的，乔治绝对脱不了干系，但布斯特先生说是乔治主动向他提及包裹的。要不是乔治，他可能要过很长一段时间才意识到。倘若乔治牵涉其中，他似乎不太可能故意引人注意。另一方面，如果替换在送达后发生，那么无论是谁都必须承担相当大被发现的风险。我对第一捆包裹到达引起骚动所做的推测，同样适用于第二捆。那么为什么要移走或以任何方式干预第一捆呢？总的来说，两捆包裹的假设会制造出更难解决的困难。

"因此，我更想把注意力放在仅有一捆包裹的可能性上。如此看来，假如包裹内有尸体的推理正确，那它离开印克曼街时肯定就装着尸体了。换句话说，这具尸体来自或经过塞缪尔斯的商店。"

"一定是老塞缪尔斯杀了人！"哈罗德大叫，"从关于他的传闻来看，我并不感到奇怪，而且这也可以解释他为什么突然离开。但是我想知道死者是谁！"

"你和阿普丽尔都太草率下结论，"教授笑着说，"首先，验尸结果表明没有谋杀，不管这位老人是谁，都死于自然死亡。由于没有相反证据，我们必须接受这个结论。其次，为什么塞缪尔斯比他外甥更可能有罪呢？要是如你所说老头卧病在床，伊西多尔在舅舅不知情的情况下，用这种方法处理了尸体，也是可以实现的。但请记住，我们没有证据，仅是怀疑这两人中有一个知晓尸体的存在。

"带着此番疑惑，我们从新的角度考虑这件事。不管在何等状况下，塞缪尔斯两人其中之一需要处理这具尸体。假设他们的同伴死在印克曼街，与布斯特先生一样，塞缪尔斯家当然也不愿让当局注意到他们的事，又知道布斯特先生不在家，便想到把尸体捆在麻袋里，用其他物件进行适当加固以掩盖包裹的实质，最后寄往他的地址。我想付诸行动的人最初就是这样规划的，后来进行了完善。塞缪尔斯家那个人记起他有办法进入布斯特先生的房间，我们可以相信某一段时间内，党派人士之间关系密切，塞缪尔斯也许会有钥匙。如果是这样的话，一切都清楚了。那天晚上进入哈罗德房间的第二人不是老塞缪尔斯就是他外甥。"

"那一定是年轻的伊西多尔！"哈罗德兴奋地大声说，"前不久一天下午他神奇失踪了，我就知道他不像看起来那么傻！不能是老头，他没有力气把尸体抬上楼。我见到他的时候怎么就没想到这些呢？"

"你没有证据，"教授回答，然后带着歉意转向邓比说，"你会发现我目前只是在推测，没有证据表明伊西多尔·塞缪尔斯要对那人的死或尸体处理负责。不过你应该会认同，按照概率定律他与此事有关吧。"

"或许如此，"邓比平静地答，"可是教授，查明事情真相的最好办法是让警察追踪他，不是吗？"

"以什么指控追踪？"教授迅速反驳道，"谋杀吗？我们都知道死者死于自然原因，掘尸后二次尸检也不见得会得出其他结论。非法入室吗？恐怕汉斯莱特探长对这样的指控签发搜查令之前需要更多确凿的证据。不，也许有办法对付伊西多尔·塞缪尔斯，但不是这样。另外他失踪了。现在无论如何，我认为采取不同的行动为好。记住，我调查这起案子的主要目的是恢复哈罗德的声誉，洗清他共犯的骂名。其实我对这起案子的技术道德问题并不关心，所以若有机会与这个外甥对质，了解他的所作所为，我就会完全满意，不需要向当局求助。"

"这不就是所谓的事后从犯吗？"阿普丽尔询问，"爸爸，说实话，我从未这样想过你！继续讲就对了，为我们推断下哈罗德发现的死者是谁。"

"宝贝，等你到了我这个年纪，就会明白一个问题的吸引力纯粹在于它的解决办法，而不在于解决办法可能产生的任何后果。但你提到了一个很有趣的点——死者的身份，那我们就来聊一聊。在验尸官陪审团做出裁决之前，警方非常希望确认尸体的身份。汉斯莱特探长向我介绍了他们可以使用的方法，除此之外，报纸和每个警察局都刊登了死者的描述和照片，但是没有人站出来指认他。当然，也有很多人申请去看尸体，有一些无疑是出于好奇，另一些则是害怕或希望认出失踪的亲人或朋友，可他们都不认识死者。

　　"在当前的文明体制下，简直不敢想象居然有人过着如此独居的生活，即便彻底消失也不引起注意，这样铺天盖地的寻人启事竟也无果。我不得不得出结论，要么只有小部分人认识死者，而他们每个人都保持沉默，要么他死亡时的模样和先前截然不同，换句话说，他活着的时候会化装，不管是自然还是人为的。"

　　"天啊，某个想隐藏自己身份的党派人士！"哈罗德惊呼。

　　"我也认同，"教授不顾自己的话被打断，继续说，"尸体是伪装过的，可以这样说吧。当然绝对不可能大变样，只是在人们熟悉的地方进行改变。我之前进行过第二人和尸体换衣服的推理，你应该有印象死者的衣服和靴子非常合身，貌似没有帽子和大衣。我认为第二人很可能是穿着死者的衣服逃走的，这些衣服也许特征显著；倘若我们有所了解，就很有希望掌握死者身份的大量线索。事实上，为了不留下任何可识别的迹象，尸体上的衣服被精心挑选过。口袋里的小东西也不重要，因为我提过它们放在那里的目的是制造一种错误的印象。

"那么为什么这个准备衣服的人不能更进一步呢？如果他真是伊西多尔·塞缪尔斯，并且是他设法让无辜的乔治把尸体运到河滨花园，那么根据医学证据，几乎可以肯定那人死于印克曼街，时间不晚于那天早晨。乔治四点左右打来电话，请你记住这一点。因此在移走尸体之前，伊西多尔已经拥有这具尸体，还有时间打包。我们知道他急于隐藏死者身份，但为什么不采取最有效的手段呢？"

"你总不能给尸体化妆吧，爸爸？"阿普丽尔问。

"绝不可能不被发现，"教授回答，"但你可以进行反向处理。警察发布的尸体描述是什么？哈罗德，你亲眼见过尸体，能形容一下吗？"

"噢，是的，我看得够多了，"哈罗德激动地回答，"汉斯莱特探长似乎下定决心要让我认出来。他是一个上了年纪的男人，胡子刮得干干净净，头发刚剃过——专家说染过。总之，他对自己的外表是相当在意。"

"正是，"教授满意地说，"你和其他人一样，看到了那人穿的衣服和靴子，一下子就留意到他注重仪表的确凿证据。但我想问你个问题，要是这种对仪表的注重是死后才开始的呢？"

"什么，你究竟是什么意思，先生？"哈罗德提高分贝。

"看上去很清楚了，"教授答，"万一所有的剃须、修剪、染发行为都是伊西多尔·塞缪尔斯用来掩盖尸体身份的手段呢？万一这些化装是发生在那人死后和离开印克曼街之前呢？汉斯莱特探长和所有与此案有关的人都坚信那人死在你的房间里，从未想过这种可能性。现在你可以充分体会那些精心铺就的伪造痕迹的原因，以及整个事件背后的巧妙手法了。那人不是死在河滨花园，而是印克曼街。而且在现实生活中，他大概和你发现的尸体完全不同。我想象他多毛、邋遢，对自己的外表毫不在意。那么我问你，你对他的身份有什么看法？"

"你不会是指老塞缪尔斯吧，先生！"哈罗德不解地答，"发现尸体一周后我听到过他，至少有两个人看见他上了驶往滑铁卢车站的四轮马车。"

"啊，对了，这就引出塞缪尔斯和外甥失踪的问题。"教授答道，正要继续说，书房的门开了，玛丽走进来。

"有一位女士求见，先生，"她说，"她没有留名字，只是说您在等她。"

"啊，是的，谢谢你，玛丽，确实是，"教授答，"不用麻烦，我去去就回。"

他起身离开房间，听众们因这不寻常的打断而感到惊讶，没有作声，听见外面走廊上一星半点的说话声。不到一分钟，门又开了，普里斯特利教授走进来，手里拉着一个女人的胳膊，灯光太过昏暗，她的脸和身体都难以辨认。

意外来客

炉栅里的火快烧完了，书房里的人只能看到陪普里斯特利教授走进房间的那个人的轮廓。大家从椅子上站起来，还没等开口，就传来教授尖利而威严的声音。

"请坐！"他大声说，哈罗德又听到了如此严厉的语调，和那个他们讨论阿斯帕西娅的难忘的一天一样。

"这位女士好心同意参加我们的讨论，她也许能把目前还模糊不清的地方理顺。请你坐这把椅子好吗？"

教授把客人带到房间角落的一个座位上，远离炉火的光亮和投射在桌子上的光线。哈罗德感到一种沉闷的绝望席卷全身。一切都进行得顺利，他完全相信教授对命案当晚所发生事情的推理；每一部分都用严格的逻辑加以论证，他感到原先压在身上的嫌疑像一团薄雾，在太阳面前挥散消失了。他的座位离阿普丽尔很近，可以听到她的声音因他洗脱罪名变得喜悦，知道她也为乌云的消散而高兴。现在一切都清楚了，罪恶从他肩上转移到一个遥远的陌生人肩上，但这个世界上唯一一个能在她面前抹黑他的人，如同命运的黑斗篷一样出现在他们中间。

因为他毫不怀疑这人是维尔。他太清楚她要来做什么了，只有她能说出她与伊西多尔·塞缪尔斯的交易，解释老头被杀的动机，给出各方都满意的回答。从教授的角度来看，她无疑是一个有价值的证人。但在这个过程中，她怎么能不把他俩的关系全部讲出来呢？他想逃避在阿普丽尔面前暴露自己生活私密的折磨，但终于抑制住了从房间里冲出去的强烈欲望。他瘫倒在椅子里，陷入彻底的绝望中。有那么一刻，他幻想着现在还为时不晚，或许阿普丽尔能原谅过去，甚至他们之间的长期友谊会发展为爱情。然而面对维尔必须给出的证据，阿普丽尔在堕落的自己和人见人夸的邓比之间该如何选择呢？

那女人默默地坐下来；教授走到桌前，继续演讲，好像没有中断一样。

"我现在讲的是几天前的一个晚上，哈罗德和布斯特先生去坎伯威尔拜访塞缪尔斯先生的店铺，"他开始了，"你们中有些人还不知道当时发生了什么事，我来解释一下，他们发现那地方失火了，后来我确认过那里完全毁掉了。在询问附近的居民后，他们得到两条极其有趣的消息。第一条是有人看见塞缪尔斯先生，或者很像他的人，上了一辆车，车夫奉命前往滑铁卢车站。第二条是过了一段时间，伊西多尔·塞缪尔斯从着火的房子里逃出来。

"乍一看，这似乎推翻了哈罗德发现的死者即塞缪尔斯先生的推理。死者已经死了将近两周，在当局的监督下下葬，按理说是不可能自主离开住所坐上马车的。然而我想问的是，有什么证据证明上车的那个人就是塞缪尔斯先生呢？"

没有人回答教授的反问，一片寂静中仅有的声音是听众急促的呼吸。教授用坚定的声音继续说："证据是两位邻居的话，初看之下，貌似不大可能搞错。他们都很熟悉塞缪尔斯先生，熟知他典型的哮喘症状和大致的外貌。他们隔着三四十步的距离，凭借这些迹象认出他。但设想把你自己放在类似的位置，比如说，你认识某所房子的租客，你们做邻居的这段时间，你注意到他的特点，就是在你心里区别于其他人的各种地方。有一天，一个在这些方面都与你邻居相似的人从他的房门出来，上了一辆马车，对司机说了一声就走了。整个过程不会让你感到惊讶，也毫无兴趣，并不会激发你的批判力。事情会自动记

147

录到你的记忆里，如果后来被问起，你会说你的邻居坐着车走了，因为你见到过且听到过。

"印克曼街目击者的情况与此完全相同。根据以往的经验，他们相信塞缪尔斯先生独自一人在房子里，习惯坐车租车出门。他们理所当然地推断出，离开这所房子的一定是塞缪尔斯先生，从他的步态、外表和哮喘症状可以加以证实。他们太想当然地认为这人就是塞缪尔斯先生，然而我坚持任何一个和他熟悉到足以模仿他主要特点的人，仿照他的外貌进行伪装，就可以给他们留下这就是塞缪尔斯先生本人的印象。"

"可是亲爱的爸爸，这样还不能解释哈罗德第一次进店去见塞缪尔斯先生时听到的对话。"阿普丽尔反驳道。

听到她的声音，从那个陌生女人坐的角落里传来轻微的动静。

"如果模仿塞缪尔斯先生上马车的人能够很好地模仿他的声音，好到可以欺骗认识他的邻居，那么就可以轻而易举糊弄从未听过他声音的哈罗德，"教授回答道，"关于哈罗德第一次拜访印克曼街的一系列事件，我是这样推测的。他第一次敲塞缪尔斯先生店铺的门时，里面没人。伊西多尔·塞缪尔斯稍后到达，他可能从位于巴拉克拉瓦街的后门进入。哈罗德确实看见一个人走进通往后门的通道，也许是伊西多尔本人，也许不是。不管怎样，当哈罗德第二次敲门时，外甥听到了，并从后屋开始模仿舅舅的讲话和症状。记住，一切正如哈罗德所料。他相信塞缪尔斯先生就在这所房子里，因此准备毫无质疑地接受任何，哪怕最细微的证明他在场的证据。只有当我们没有料到的事情发生时，我们才会开始调查并产生怀疑。

"这就是我对过去两周发生事情的大概看法。塞缪尔斯先生死于哈罗德在床上发现尸体之前的下午，与医学证据相符。他的外甥精准地预知了他的死亡，因为他提前指示乔治来取包裹。但在没有确凿证据的情况下，我不能急于对伊西多尔提出不必要的怀疑。也许他确实打算给布斯特先生寄一个时钟，只是在最后一刻用尸体替换了。

"出于某种原因，伊西多尔不愿公开舅舅的死讯，所以面临着双重问题：如何处理尸体，如何解释塞缪尔斯先生的失踪。我必须承认，他解决问题的方式相当巧妙。我已经讲过他怎么处理尸体的，把尸体弄得除自己以外谁也认不出来，我们也清楚他是唯一一个真正了解舅舅的人。再提醒一下，此时除他本人以外，没有人知道塞缪尔斯先生已过世。假如知道，他们应该会更仔细地搜查，以确定不明尸体是塞缪尔斯先生与否。"

教授再次中断，书房里一片死寂，气氛紧张起来，各种力量正在发动，最终必然导致某种奇怪的爆发。教授接着说，一声如释重负的轻叹消失在寂静中。

"要想避免全部怀疑，关键点在于塞缪尔斯先生的失踪不应与发现的尸体联系在一起。为了确保这一点，伊西多尔在尸体发现后整整十天都伪造了塞缪尔斯先生在印克曼街的情景。即使后来有人问起，他们也可以追溯到最后一次看到塞缪尔斯先生活着的时候，也就是，所谓的塞缪尔斯先生坐上马车离开的时候。

"我敢肯定，上那辆马车的人就是伊西多尔。他有足够的时间到达滑铁卢车站，再从另一个出口离开，换掉伪装，返回印克曼街。任务仍未完成，他无限期留在印克曼街是不安全的，迟早会有人问起舅舅。闲置这座房子也不安全，最好是把它毁掉，把所有能查出他行动的线索都毁掉。他放火烧了房屋，一直待到确信已经烧毁，才突然消失，这再一次证明了他的足智多谋。他穿着偷来的衣服挤过无暇顾及其他事的人群逃走，就是这么简单，简直天衣无缝。他只要避开坎伯威尔和附近的熟人，安全就有了保障。"

"可是这一切的目的是什么呢，爸爸？"阿普丽尔插话道，"为什么要煞费苦心地隐瞒舅舅的死呢？"

"可能有很多理由，"教授严肃地答，"也许他想得到舅舅的钱，据说那笔钱一直保存在铺子里。甚至也许他造成了舅舅的死亡。目前没有证据证实这些想法，我们不能下定论。但这件事还有一个非常奇怪的地方我没有谈到，就是对哈罗德的迫害。

"你们应该还记得我对尸体处理的推测，外甥大概有哈罗德家前门和客厅的钥匙才进入他房间的。这可能是偶然的，也可能不是。要么伊西多尔·塞缪尔斯知道可以用这些钥匙，才决定使用哈罗德的房间作为舅舅的抛尸地；要么由于某种原因他早就认定这房间是全伦敦最合适的弃尸点，并想方设法进去。大体上说，我觉得后来还有人试图让哈罗德成为这件事的同谋。当然我指的是刊登在《每周纪事》上那篇了不起的文章，大家都很熟悉的。

　　"这篇文章是本案最奇特的因素之一，写得很精彩，揭示了哈罗德生平的非凡事迹。此外，故事的框架很明显是围绕哈罗德的，目的是寻找尸体出现在他房间的动机。也许有人会说伊西多尔有理由把注意力吸引到哈罗德身上，因为人们关注哈罗德有利于隐蔽自己，从而有了这篇文章。可在我看来，貌似有两三个地方使这些理由显得牵强。第一，我原以为伊西多尔把自己和这件事联系在一起所冒的风险，远大于从中获利。第二，接受这篇文章的情况是特殊的。解释一下，我通过报业老板塞文欧克斯勋爵的介绍认识了《每周纪事》的编辑，从他那里得知，那篇文章是用普通方式打印并邮寄过来的，外加一张写在巨人酒店信纸上的便条，署名拉尔夫·汤姆林森。貌似有个叫此名字的绅士偶尔给《每周纪事》写过类似的文章。编辑诚心诚意地接受了投稿，后来得知拉尔夫·汤姆林森几个月前已离开英国后，大为吃惊，跑去询问巨人酒店，被告知没有这个名字的人的入住记录。

"这表明作者希望发表这篇文章，同时掩盖自己的身份。任何人拿到酒店的信纸都很容易，他只需要到写字间取就可以。写文章的人猜测，使用以往撰稿人的名字会加大出版概率。报社也不太可能把便条的笔迹和先前真正拉尔夫·汤姆林森的信件做对比。最后，如果欺诈行为被揭穿，也几乎不可能追查到这封信的发送者。总之，我怀疑伊西多尔·塞缪尔斯就是那篇文章的作者。"

"不过，亲爱的爸爸，似乎可能性不大呀，"阿普丽尔说，"你自己说过，那篇文章写得很好，理由也很充分，还记得吧？我不敢相信，老塞缪尔斯的外甥，一个贫民窟里的旧货贩子，能写出这样的东西来。"

"啊！"教授表情严肃，"我们需要更仔细地审视伊西多尔·塞缪尔斯的真实身份。你应该还记得，我们手头的证据表明伊西多尔一整天都不在舅舅的店铺，只是偶尔出现一下，通常在晚上。我们不清楚塞缪尔斯先生真正业务的确切性质，我觉得二手家具贸易只不过是一个幌子。但不管是什么，都不需要大量顾客前来拜访。店铺以塞缪尔斯先生生病为由关闭了一段时间，似乎并没有在附近引起任何惊奇或不便。

"这家商店在巴拉克拉瓦街有一个后门，这一点我们必须记住。我想伊西多尔·塞缪尔斯很可能是利用这个后门进出舅舅的店。虽然大家认为他是在那里过夜的，但其实他只在晚上短暂地去一趟，大概是为了避免因为总锁门而引起的怀疑。如果是这样，伊西多尔·塞缪尔斯有大把的时间自行支配，或许在扮演着与塞缪尔斯先生的外甥完全不一样的角色。

"至于角色是什么，我们只能猜测，但这种推理为火灾当晚他的行踪提供了新线索。舅舅的尸体已经得到了妥善的处理，他也有时间从其死亡中获取任何好处，所以非常急切把过去的一切痕迹彻底毁灭。从此刻起，他就可以永远扮演过去断断续续使用的第二个角色，完全摆脱与塞缪尔斯和印克曼街的所有关系。毫无疑问，他现在就生活在这个角色里。倘若我们想要追踪这位整个谜团的创造者，我们必须发挥想象，极力寻找一个和伊西多尔·塞缪尔斯全然不同的人。记住，他把舅舅尸体的样子弄得没人敢相信是塞缪尔斯先生，由此可见，他改变自己的外貌简直小菜一碟，即使熟人也很难认出来。"

"那就太没希望了，"阿普丽尔提议，"我们到底在纠结什么？哈罗德是清白的，这才是最重要的。"

"我的宝贝，虽然哈罗德在我们眼中是清白的，却很难指望别人会认同我们的观点，除非提供实证，"教授答，"不过我承认，要是遇到那个人，我只要听听他自己对这件事的陈述就行了。恐怕我感兴趣的是案件的逻辑而非司法。"

他停顿片刻，仿佛在整理思绪，然后继续说："现在有什么可以让我们了解这位伊西多尔·塞缪尔斯的当前身份呢？只怕不多。他每件事都处理得机智得当，可见是一位老谋深算、诡计多端的人。从《每周纪事》那篇文章看出，他受过良好的教育。除此之外，我觉得更重要的是他熟悉哈罗德生活的一些细节，而且相比起转移自己参与这件事的注意力，他对抹黑哈罗德更感兴趣。《每周纪事》的文章作者对犯罪的每一个细节都了如指掌，而且还知晓哈罗德生活的某些事情。他设法将两者编织成一张难以解开的谎言之网。我不相信不认识哈罗德的人会干出这种事。

"我有证据证明，即使哈罗德不知道伊西多尔·塞缪尔斯的存在，但伊西多尔知道哈罗德。我不打算讲解这个证据，此刻还无关紧要。这位无名者对哈罗德感兴趣，并不是作为伊西多尔·塞缪尔斯的身份，而是以第二个未知身份。出于某种只能猜测的原因，他为了自己的利益而抹黑哈罗德的人格，像文章作者那样将他赤裸裸地剥开示众。"

"太可耻了，爸爸！"阿普丽尔爆发了，"他的目的是什么？不管他是谁，一定是个极其卑鄙的小人。"

"我完全同意你的看法，宝贝，"教授答，"一个卑鄙小人，甚至更糟糕。老塞缪尔斯也许是自然死亡，即使这样，在他外甥看来也是非常及时的。别忘了，他早就打电话叫车夫乔治来把尸体运走了。更进一步来说，如果事情败露，一定会有人问起传说中塞缪尔斯先生存在家里的钱箱。它会被烧毁在大火之中吗？以伊西多尔的老谋深算，我表示怀疑。不，要是他落到警察手里，恐怕也同样难以脱身。

"然而，回到这个人目前伪装的身份上来，凭借这些大致的特征，可以将范围缩小到一个相对较小的圈子，即哈罗德的熟人。我听说还有一个更为明显的标志，相当不寻常，可以将这个人与其他人区分开来。"

教授靠在椅背上，眼睛盯着桌子上的台灯。房间里的紧张气氛几乎到了极点。自从不知名女人进来以后，哈罗德和邓比都没有说话。每个人都一动不动地坐着，默默地听着教授冷酷无情的推理。片刻间鸦雀无声，这时阿普丽尔急躁难耐，打破了死寂。

"是什么明显的标志，爸爸？"她询问。

"伊西多尔·塞缪尔斯的左肩有个十字架形状的胎记。"教授缓慢而清晰地回答。

"十字架形状的胎记！"阿普丽尔重复道，"啊，多么离奇的事呀！我刚才给埃义包扎胳膊的时候……"

她语音未落，普里斯特利教授突然把灯罩倾斜了一下，灯光完全照在埃文·邓比的脸上。他脸色苍白，眼神空洞，蜷缩在沙发的角落里。所有人都跳了起来，那一刻，他们感到危机即将来临，于是竭力寻找危机发生的方向。蓦然间，静止仿佛已被风暴取代，陌生女人冲了过去，站在那儿盯着邓比的眼睛看了一会儿。

"伊西多尔！"她大叫，"我终于找到你了！"

谜案揭晓

哈罗德离门最近，扑过去按开关，书房里瞬间一片光亮，好像这样就能驱散充斥在他心里极度震惊的黑暗。维尔——伊西多尔·塞缪尔斯——埃文·邓比——三个人变成了两个——这个问题起初让他难以承受。然而，当他目不转睛地观察时，邓比那苍白憔悴的脸开始使他想起傻乎乎的伊西多尔的轮廓，还有那个匆匆从他身边掠过、消失在巴拉克拉瓦街昏暗入口的身影。是真的一模一样，还是教授离奇的推理让他产生的幻象在捉弄他呢？

阿普丽尔面如死灰，一动不动，双手紧握地坐着，既没有看她认识的这个男人，也没有看他对面的陌生女人，而是紧盯着闪烁的火心，似乎在逐一回顾自己和邓比相识的上千个点滴。一种麻木的恐惧和不安的感觉充满全身，她曾经是那个井然有序、安全可靠的旧世界里快乐的一分子，不知怎么中途突然停止，被远远地抛到了一个寒冷且陌生的虚空中，变得无依无靠。难道他愚弄了自己吗？

因此，只有邓比来打破沉默，回答维尔的问题，这个问题似乎仍然尖锐地响彻整个房间。他的回答是一声低沉的苦笑，让阿普丽尔浑身发抖，也让哈罗德倒抽了一口气。笑声如此生动，使人想起塞缪尔斯商店黑暗角落里的奇怪场面。

"你赢了，教授，"他说，"我活该，我没有把你的洞察力考虑进去。你打算怎么办？"

"这很大程度上取决于你自己，"教授严厉地回答，"推理的时候，我给了你充分的机会去坦白，不用到如此露骨丢脸的地步。我认为应该由那些被你欺骗的人决定下一步。"

邓比缓慢地环视四周。哈罗德站在门边，盯着他，仿佛他是另一个世界的访客。维尔表情难以琢磨，倚在书桌上，喘着粗气，时而望望他，时而望望阿普丽尔弓着的身影。教授把指尖凑在一起，在椅子上转过身来，像一位法官等待陪审团的裁决。

当邓比努力恢复镇静时，他眼睛里惴惴不安的神情消失了，变得冷酷而明亮。只剩下一次机会，一次战斗的机会了。他雄心勃勃的计划已失败，埃文·邓比的角色，这位年轻有为的科学家，阿普丽尔的殷勤追求者，再也不可能实现了。但是，如果他能摆脱自己，就能摆脱破旧的伪装，创造出其他可以享受所获得实际利益的方式。显然，他对那些揭开自己面具人的心理，有着敏锐的洞悉力，因此看到了出路。

"你的推理经得起事实的检验，教授，"他平静地说，"你把我的所作所为从头到尾描述了一遍。我是伊西多尔·塞缪尔斯，梅里菲尔德在他房间发现的尸体是我舅舅。他的死亡是我造成的，但我觉得从道德上讲，我应该被视作大众的恩人，因为我为世界除掉了一个总是制造麻烦的、最卑鄙、最奸诈的恶棍。

"我不必把这个人的恶行全讲出来。你去问布斯特先生，毋庸置疑，他会告诉你我所知道的一切，也许更多。在他的其他职业中，他还是一名小额放债人，以极高的利息借钱给苦苦挣扎的穷人，这些人一旦落入他的控制，就无处可逃了。不管怎样，他造成的痛苦比任何人都要多。

"然而在我看来，这一切都只是一时兴起。我恨他更多是出于个人原因。他逼我母亲出卖身体赚钱，然后在我出生前竭尽全力想要饿死她，最终他成功了。我刚出生几天，他就把我扔出了家，希望我永远从他的视线中消失。我确实消失了几年；饥饿，虐待，生活变成了负担。但我设法活了下来，并通过偶然的机会得知这个故事。我决定复仇。

"我是如何自学成才、成为你们所熟知的埃文·邓比并不重要。我清楚这付出了多少代价，你们很难理解。舅舅对我这一面的生活毫不知情，只知道我是个设法谋生的白痴外甥，在店里偶尔能用得上。维尔她……她认识我有一段时间了，如果她肯，可以作证。"

作为回应，维尔点点头，没精打采地说："对，说得对，你想方设法讨钱。"

"没有办法，"伊西多尔平静地答，"我从来不知道父亲是谁，但我的血管里流淌着对母亲塞缪尔斯这个名字及其含义感到厌恶的血液。甚至当我还是个孩子的时候，晚上连面包皮都没得吃。我意识到只要有钱，就能做点什么。所以我乞讨，挨饿，把每一分钱都花在学习上。推动我前进的唯一动力是，我意识到学习科学对我而言轻而易举，而对其他年轻人来说却非常困难，尽管他们拥有所有我欠缺的优势。

"不过，我不必拿这些来说事。你们了解，我最终为自己争取到了做阿鲁尔·法弗沙姆爵士助手的职位。就在那儿，大约六个月前，我突然想到了一个主意。

"阿鲁尔爵士的主要职责是合成制作治疗各种疾病的药物，这是他一生的事业，并且非常成功。最近他从事分离一种化合物的工作，这种化合物对缓解哮喘和支气管炎症状有效。正是在帮助他做事时，我开始找到出路。

"你知道的，教授，使用一种新型未知制剂的困难，并不会随着它对某些症状的适应而消失。治疗一个器官疾病的药物往往不能使用，因为它会对其他器官产生不良影响。根据我们对所研究物质的了解，我们成功分离出的一种药物，名字很长，我们暂且称之为新药，尽管对哮喘病例有非常好的作用，但如果使用过量，将非常危险，因为它属于对心脏有不良影响的那类化合物。是否有可能使用此药物只能通过实验来决定，于是我打算做这个实验。

"通过我的观察得知，艾萨克·塞缪尔斯患有所谓的心脏衰弱，可能活很多年，也可能突然去世。他还患有一种慢性哮喘，而这种疾病正是新药的治疗目标，也正是我实验的理想对象。除了我以外，他没有亲人，假如他死了，他的死对社会全是积极的好处。假如他能活下来并且治愈了哮喘，就证明这种新药是安全的，我将宣布这一发现。"

一直在专心聆听的教授恼怒地喊道："我记得法弗沙姆前些时候告诉我，他正在研制一种减轻哮喘的新药。我忽略了这件事，没有把它排在正确的位置！但我很乐意听听你是如何进行实验的。"

"我的首要任务是为万一失败做好准备，"伊西多尔冷静地答，"当然，阿鲁尔爵士对我的计划一无所知。如果舅舅死了，我会处理尸体，并对他的失踪做出解释。没有死后发现死因的风险，这种新药会在人体内发生化学变化，过几个小时就检测不出来了。虽然我们还没有在

161

人类身上做实验，但我从动物实验，并拿日常使用的相似药物进行类比，得知了这一点。所以，我的主要困难是处理尸体，即把它放在一个与伊西多尔·塞缪尔斯或埃文·邓比毫无关系的地方。

"我花了很长时间考虑这个问题，偶然间找到了解决方案。我经常到维尔家去，向她要钱，正如她所说，因为我的生活方式需要比自己薪水更多的经济支撑。一天，我注意到她桌子上放着一对弹簧锁钥匙，我知道不是她房间的钥匙，因为锁的式样完全不同。我趁她不注意塞进口袋，这样就可以进入一个我不认识的地方，也许是她办公室，必要的时候可以做我的抛尸点。计划已经形成了一半，我只是为自己的目标寻找一个彻底不相干的地点。

"之后我发现维尔和梅里菲尔德关系不一般，立刻想到这可能是他房间的钥匙。我已经以邓比的身份结识了梅里菲尔德，正好布斯特先生和我舅舅认识，能进去他的房间兴许有一天会有用。有天晚上我拜访了梅里菲尔德，想找个机会试试锁。不料运气太好了，梅里菲尔德正在卧室里梳妆打扮，钥匙就放在客厅桌子上。我拿来对比了一下，发现一模一样。与此同时，我仔细环顾了房间，以确定方位。"

"是的，哈罗德提过那次拜访，"教授说，"我想现在整个事件都很清晰了。尸体上有皮下注射的痕迹，但什么也没查出来，这也能解释得通了。"

"你已经彻头彻尾推断出了我的行动，"伊西多尔继续，"为了观察新药的效果，我刚开始给舅舅的剂量很小。在他睡觉的时候给他吸口麻醉，我就可以实行计划而不被发现。即使这么低剂量，药效也很神奇，他几乎没再哮喘了，但同时心脏也受到了不利影响。他是否能承受足够大的剂量来维持永久的疗效，仍是个未知数。我决定趁阿鲁尔爵士以为我不在实验室的时候，进行最后的实验。我很快做了安排：确保哈罗德那天晚上不在家，给车夫乔治打电话，让他来印克曼街。如果舅舅活了下来，我准备给他一捆装着钟表和小雕塑的包裹。

"那天下午我提早回到印克曼街，正如所望，舅舅半睡半醒地坐在椅子上。一点麻醉就足以让他听话，我按预备的剂量注射了。很快我的实验就明显失败了，他的心脏平稳衰竭，不到一个小时就死了，既没有恢复知觉，也没有任何痛苦。剩下的你都知道了，教授，你刚给我们讲过了。"

他停下来，沉寂片刻。这时维尔突然开口了，声音嘶哑，情不自禁地喊："你用老头的钱做什么了？"

伊西多尔微笑着转向她，回答："噢，我妥善处理了，我告诉过你我拿到了将来需要的所有钱。"

教授点点头，转向哈罗德，严厉地说："你听到了这个人说的话。我想不管怎样，他大致上讲了实话。他的所作所为对你影响最深，你最有发言权决定接下来怎么办。只要打个电话，汉斯莱特探长肯定就来了。"

哈罗德还没来得及回答，维尔就绕过桌子来到伊西多尔身边，站在他面前，好像要保护他不受人身攻击一样。

"不许碰他！"她大叫，"我承认，他对我不好，你也可以说他杀了老塞缪尔斯，但那个老禽兽活该被杀。噢，伊西多尔好的时候你们都很高兴认识他，现在却想把他交给警方。我要上法庭告诉他们所有，你们是如何把他哄骗过来的，他为什么来这儿，我要让你们羞愧难当。所有人，给我记住，你们叫我过来帮哈罗德洗清罪名，然后让我出其不意地出卖伊西多尔。噢，我就是个笨蛋，但你们要是敢碰伊西多尔，我会让你们吃不了兜着走，说到做到。"

教授伸手想阻止这接连不断的谩骂，却徒劳无功，直到维尔喘不过气来才停止。

"可以问下你和他的真实关系是什么吗？"他温和地询问。

"你早就猜出来了吧！"她轻蔑地回答，"他是我丈夫，不管他做了什么，我都要跟着他。他毕竟为我尽了最大的努力，当我有更好机会的时候，他主动放了我。噢，是的，我承认他中饱私囊，不过我敢说，他不会再想摆脱我了。"她猛然朝向伊西多尔，抓住他的胳膊从沙发上拖下来。

"我们要离开这里，看看谁能阻止，"她继续威胁道，"要是想抹黑干涉我们，我会奉陪到底，别害怕，我会把事情原原本本说出来！"

她迅速向门口走去，手臂紧紧挽着伊西多尔。哈罗德想拦住他们，但忽然从恍惚中清醒过来的阿普丽尔伸出一只恳求的手，要抓住他。

"让他们走！"她用清晰的嗓音说，"我受不了了，爸爸！亲爱的爸爸，别让他阻止！"

哈罗德犹豫不决地转过身，维尔和她丈夫顺利走到门口。他们从哈罗德身边经过时，维尔停留片刻，带着一丝遗憾低语："再见，哈罗德。别担心，我们再也不会给你添麻烦了。"

教授没有任何表示，书房里剩下的三个人听到维尔急切的手指摸索着前门的锁，门打开又"砰"一声关上。这时教授说话了。

"这就是我所希望的结局！"他平静地大声说，"即使陪审团会根据我们提供的证据定罪，可把这个人绳之以法不是我们的事。我们虽然有他的供词，但他们只要请一位能干的辩护律师，就可以轻而易举地处理。他的妻子是唯一能证明他是塞缪尔斯外甥身份的人，而她是不会把他送上法庭的。无论如何，我不愿意冒险去试验，尤其这对所有相关的人都是一场非常不愉快的考验。你说呢，哈罗德？"

"你同意，我就同意，先生。"哈罗德心不在焉地说，眼睛望着阿普丽尔。

"你呢，宝贝？"

"噢，爸爸，让他们走吧，"女儿回答，"太可怕了，我再也不想见到或听到他们了。"

教授点头，又看了看表，说："天啊，太晚了！我告诉玛丽在我按铃前不要宣布开饭。你可以和我们一起，哈罗德，来，我们走吧。"

晚餐是在沉默中吃完的，直到阿普丽尔离开，哈罗德才鼓起勇气询问一个问题，这个问题自从邓比被戏剧性地揭穿后一直困扰着他。

"先生，你怎么知道伊西多尔·塞缪尔斯就是邓比？"只有他们两人时，他问道。

教授笑了，答道："他自己坦白之前我是不知道的，我只是推断出有这种可能性。当我得出伊西多尔·塞缪尔斯一人分饰两角的结论后，开始考虑他的第二个角色会是什么。这时我突然意识到一个重要的事情，在第二个角色里，他显然不想把塞缪尔斯之死的责任推给你，而是想把你生活中一些丑事宣扬出去，抹黑你在朋友眼中的形象。选择你的房间作为抛尸点也不全是偶然，《每周纪事》文章的出现，分明显示针对你的攻击是谜案的一部分。

"这些朋友是什么人呢？在他们眼中诋毁你又有什么好处呢？你在纳克索斯俱乐部的伙伴已经因为警察问讯所造成的突袭而疏远了你。此外，暴露你过去的事情也好像并不会引起他们的兴趣。那么只剩下——阿普丽尔和我了。"

哈罗德惊讶得屏住一口气:"可是,先生——"

"等等,"教授说,"不难发现,虽然阿普丽尔竭尽全力地寻欢作乐,但其实她只在乎一个人,不管这个人如何证明自己不值得爱。那在她眼中贬低这个人,迫使她放弃一切对他的回忆,对谁有好处呢?为什么伊西多尔开出那些条件离开他的妻子呢?显然因为他想要自由。他企图让你和维尔难解难分地纠缠在一起,同时又说服阿普丽尔相信你一无是处。请原谅我这么说,他的目的几乎达成了,主要是因为你自己的愚蠢。

"此时此刻我要坦白我犯的错误。我曾一度认为邓比是我女儿的理想丈夫,彻底让他唬住了,还相信他能想办法让她嫁给他。你显然选择了一条和我预料不同的道路,我觉得既然她一定要嫁人,那么邓比会是你的合适替代者。邓比大概猜到了这一点,并且意识到主要障碍是她对你的眷恋。我亲爱的孩子,逻辑分析指向邓比,他是最有兴趣抹黑你的人。

"报纸上的文章证实了我的怀疑。起初我一直想查证这个疑惑,因为其中有一点深深地震惊到我。严格来讲,我关于失踪者的推理和论点都被这篇文章借用了。如果撰写者是邓比,就解释得通了。他一直耐心地听我对这件事的看法,除了你和阿普丽尔,他是唯一一个和我谈过案子的人。

"当然，这可能纯属巧合。但唐纳森小姐提出了一个确凿的事实，就是奇怪的胎记，至此，对上述推论的检验才变得切实可行。我决定实施检测和对峙。在我的建议下，阿普丽尔邀请邓比今天下午来喝茶，而我则安排你和唐纳森小姐在之后特定时间赴约。邓比出现后不久，我就想出一个办法，让阿普丽尔观察他的左肩。我倒希望这条线索公开与否由她自己决定。如果她决定不说来保护他的话，我就会等到有机会征求她意见以后，再揭发他的身份。"

"天啊，先生，你想得太周全了！"哈罗德惊呼。

教授笑了，干脆地说："也许我这么做是幸运的。现在，我想你和阿普丽尔可能有话要说。你可以听取我的建议，把真相一五一十地告诉她。去吧，需要帮忙就来书房找我。"

教授在炉火前的椅子上打瞌睡，直到午夜过后，才睁开眼睛清醒过来。书房门把手轻轻地转动了一下，阿普丽尔跑过房间，坐在椅子的把手上，搂住他吻了一下。

"爸爸，你真是个精明的小老头，我就是个傻瓜。"她低语。

"呃——"教授咕哝着，"那个小淘气鬼在哪呢？"

"我在这儿，先生。"哈罗德的声音从门口传来。

"噢，你是？"教授严肃地说，"好吧，你也是个傻瓜，注意别再犯了。"

图书在版编目（CIP）数据

帕丁顿谜案 /（英）约翰·罗德著；李晓琳译 . ——
上海：上海文艺出版社，2022
（域外故事会推理小说系列）
ISBN 978-7-5321-8416-3

Ⅰ.①帕… Ⅱ.①约…②李… Ⅲ.①推理小说－英
国－现代 Ⅳ.① I561.45

中国版本图书馆 CIP 数据核字 (2022) 第 139018 号

帕丁顿谜案

著　　者：[英]约翰·罗德
译　　者：李晓琳
责任编辑：蔡美凤　吴　艳
装帧设计：周艳梅
责任督印：张　凯

出　　版：上海文艺出版社
出　　品：上海故事会文化传媒有限公司
　　　　　（201101 上海市闵行区号景路159弄A座3楼 www.storychina.cn）
发　　行：上海文艺出版社发行中心
　　　　　（上海市闵行区号景路159弄A座2楼206室）
印　　刷：上海中华印刷有限公司
开　　本：889毫米x1194毫米　1/32　印张5.75
版　　次：2022年9月第1版　2022年9月第1次印刷
Ｉ Ｓ Ｂ Ｎ：978-7-5321-8416-3/I·6644
定　　价：35.00元

上海故事会文化传媒有限公司 出品 (01089) www.storychina.cn

想看更多精彩故事？
扫码下载故事会APP

上海故事会文化传媒有限公司所有图书可办理邮购，免收邮费(挂号除外)
汇款地址：上海市闵行区号景路159弄A座2楼206室（201101）
收款人：上海故事会文化传媒有限公司出版发行部
联系电话：021-53204159
如发现本书有质量问题，请与印刷厂质量科联系 T:021-60829062